Des vies d'oiseaux

Véronique OVALDÉ

Des vies d'oiseaux

ROMAN

Merci à Alix Penent d'Izarn, si clairvoyante.

I

VIDA
TAÏBO
1997

La reine en son palais

On peut considérer que ce fut grâce à son mari que madame Izarra rencontra le lieutenant Taïbo. Monsieur Izarra avait tenu à appeler le poste de police, un soir d'octobre 1997, malgré l'heure tardive et le caractère sans urgence de son appel, afin de déclarer qu'il leur semblait avoir été cambriolés mais que rien, et il avait insisté étrangement sur ce point, ne leur avait été dérobé.

Taïbo, qui était d'astreinte ce soir-là, seul avec un livre sur Valerie Jean Solanas, se permettant de lire parce que justement il était seul et qu'il ne s'attirerait aucune réflexion désobligeante, avait reposé le livre en question dans l'unique tiroir qui fermait à clé, soupiré dans le combiné et demandé pourquoi ils en étaient venus à l'idée qu'ils avaient été cambriolés puisque rien ne manquait.

Ce n'est pas qu'il désirait jouer sur les mots. Le lieutenant Taïbo était un homme qui se voulait précis.

Mais la voix de monsieur Izarra s'était durcie. Il devait parler avec ce genre de voix à ses collaborateurs. Il devait arriver en réunion toujours en retard, ouvrir la porte de la salle avec brusquerie comme s'il désirait les surprendre à jouer aux cartes ou à passer des appels confidentiels à une société concurrente, et il devait balayer du regard lesdits collaborateurs déjà tous assis autour de la table, qui eux faisaient comme s'ils ne l'avaient pas vu, tentant de continuer la réunion sans tenir compte de son irruption, essayant de ne pas être tétanisés par sa soudaine présence si évidemment réprobatrice. Et monsieur Izarra se mettait en condition, il regardait les stores, les fauteuils, les revêtements muraux, l'ordre du jour sur le tableau, il y avait toujours quelque chose qui l'agaçait ou l'offusquait et il commençait à leur parler d'une voix cassante. Il les interrompait et il les brisait.

Il avait ce ton quand il a dit :

— Rien n'a été visiblement volé, lieutenant. Mais je vous saurais gré de venir tout de suite constater qu'il y a bien eu intrusion.

Taïbo a secoué la tête dans son bureau nicotiné.

— Je suis infiniment désolé, monsieur Izarra, mais il faut que quelqu'un...

L'autre l'a coupé, rétorquant qu'il ne voulait rien savoir et tenait à ce qu'il vînt sur-le-champ.

Il a donné son adresse et Taïbo l'a notée en continuant de secouer la tête. Quand ils eurent raccroché, Taïbo a ressorti son livre du tiroir, il lui était de toute façon impossible de quitter le poste de police ; il était seul et son collègue ne le relèverait que dans deux heures. Il était à l'avance fatigué de la conversation qu'il aurait avec monsieur Izarra.

Le lendemain, il est arrivé chez monsieur et madame Izarra très tôt. Ils habitaient sur la colline de Villanueva face à la mer. Taïbo vivait de l'autre côté de la ville. Il n'aurait jamais pu se payer une villa du style de la leur même s'il avait travaillé pendant deux mille ans et cessé de s'alimenter solide liquide pendant tout ce temps. Il habitait dans un mobil-home derrière l'hôpital dans le quartier qu'on appelait Villanueva Nueva parce qu'il était moderne (dans la mesure du possible) et parce qu'on y trouvait l'université et des immeubles bleus en verre. C'était tout ce qu'il pouvait s'offrir compte tenu de son salaire et de l'argent qu'il versait à Teresa quand elle était à sec. Mais au fond ce n'était pas un problème pour Taïbo.

Il a tourné un moment dans le quartier des Izarra au volant de sa voiture bicolore, gyrophare éteint, rechignant à débarquer chez eux à six heures du matin, Taïbo n'y pouvait rien, il se levait si tôt qu'il n'avait souvent rien d'autre à faire que de conduire sa voiture de fonction comme s'il faisait des rondes, et ce quartier était magnifiquement tranquille, les rues grimpaient en douceur pour vous permettre à tout instant de voir la mer et ses chapelets d'îlots, les allées étaient larges, aucune voiture n'était garée le long des trottoirs, des Indiens promenaient les chiens des monsieur madame dans le petit matin et bavardaient en fumant des cigarettes, laissant pisser ou forniquer les bestioles pursang dont ils avaient la garde, les alarmes des maisons clignotaient rouge en haut des grilles, les arbres étaient soigneusement taillés comme si chaque semaine une armada de garçons coiffeurs venait discipliner la végétation de ce quartier, et Taïbo se disait, « Avant, il y avait une jungle ici », mais là, présentement, on ne pouvait plus rien trouver d'insoumis ou d'exubérant quel que soit l'endroit où se posait le regard, il n'y avait plus que des magnolias luisants et des palmiers exemplaires.

À Villanueva, l'hiver est une saison triste, et une grande partie des habitants de la colline (on l'appelait la colline Dollars) partaient en villégiature sous des cieux plus cléments, abandonnant leurs chiens et leurs Indiens sur place. Ils quittaient le pays, s'en allaient vers les montagnes du Chili ou les plages brésiliennes. Et si l'on avait, comme Taïbo, une vague tendance à la mélancolie, le front de mer déserté, les quatorze kilomètres de plage venteuse et la mer gris timbale pouvaient dangereusement agir sur le moral. Aussi valait-il mieux fuir la ville le temps qu'elle recouvrât son soleil au zénith et sa population au monoï.

Quand Taïbo a sonné chez les Izarra, l'interphone a bourdonné et une voix de femme lui a répondu. On lui a ouvert. L'allée du jardin était parfaite, la porte d'entrée, les arêtes en béton, les hibiscus, les grenadiers étaient parfaits. Taïbo a repéré une caméra au-dessus de l'angle nord. Il a pensé que c'était un drôle d'endroit pour poster une caméra, il était impossible de là-haut de voir la porte d'entrée à cause de la végétation.

Madame Izarra l'a accueilli en disant :

— Il est très tôt lieutenant.

Elle lui a souri. Elle avait les cheveux blonds, une coiffure compliquée qui semblait prête à s'effondrer, mais qui bien entendu ne s'effondrait pas, et un visage lisse et très pâle, délicatement plastifié, avec des pommettes hautes. On

14

aurait dit qu'on avait mis de minuscules étais sous sa peau pour que ses pommettes puissent être aussi hautes. Ses yeux étaient beiges – impossible de qualifier plus justement la couleur de ses yeux, ils avaient adopté la teinte de sa carnation comme si trouver une autre couleur les avait épuisés et que cette demi-teinte un peu bizarre était ce qu'ils avaient pu faire de mieux. Elle s'est excusée du désordre, ils étaient revenus la veille de voyage. Elle avait une voix aiguë, perchée, tendue. Taïbo a regardé autour de lui. Tout paraissait à sa place, parfaitement à sa place, rien d'approximatif dans l'agencement de cette maison.

— Vous prendrez bien un café ?

Taïbo a acquiescé et ajouté :

— Je ne voulais pas louper votre mari.

Elle a haussé les épaules en passant dans le salon :

— Il est déjà parti pour le bureau. Mais je vais vous expliquer, vous verrez.

Elle s'est éclipsée pour lui apporter un café, la bonne n'était pas là, il est resté debout, incongru au milieu de ce salon où tout ce qui n'était pas en bois foncé était blanc cassé. Taïbo a imaginé les hommes qui coupaient les arbres dans la forêt pour que cette femme déjeune sur cette table, il a bien aimé se faire cette réflexion, la diversité du monde était quelque chose qui le distrayait. Il s'est planté devant un tableau en réfléchissant à cela et quand Madame Izarra est revenue, elle a souri tout miel en disant :

— Vous vous intéressez à la peinture lieutenant ?

Elle a tendu la main vers le tableau qu'il examinait :

— C'est un Bacon.

Taïbo ne savait pas précisément qui était Bacon mais il a songé que c'était une drôle d'idée de le laisser pendu au mur pendant qu'on partait en voyage. Elle lui a fait signe de s'asseoir, il a choisi un tabouret en cuir blanc, elle a toussoté :

— C'est un repose-pieds, lieutenant, venez sur le canapé.

Taïbo s'est levé du repose-pieds et il est allé docilement sur le canapé.

Madame Izarra portait une sorte de grande tunique violette brodée qu'elle avait dû rapporter de son séjour à l'étranger. Il a aperçu ses chevilles quand elle s'est assise.

— En fait, je peux confirmer qu'ils n'ont rien volé mais quelqu'un a dormi dans mon lit.

Taïbo a pensé à Boucle d'Or.

Il a sorti son carnet, il a noté Bacon et Boucle d'Or et tout ce qu'elle lui racontait. Apparemment plusieurs personnes avaient habité chez eux pendant deux semaines. Et il y avait au moins une femme, a certifié madame Izarra, l'index sur la lèvre dans un curieux geste qu'elle croyait gracieux mais qui a paru lui intimer le silence. Ils avaient utilisé le sauna à l'entresol, dévoré ce qu'il y avait dans le congélateur et éclusé la cave de monsieur, ils avaient dormi dans toutes les chambres de la maison, porté les vêtements des penderies, fumé, et Dieu sait quoi encore.

Taïbo a demandé comment ils étaient entrés.

— Par la porte, lieutenant.

Madame Izarra a froncé les sourcils comme s'il posait une question absurde.

Il a demandé s'il y avait une alarme.

Elle est devenue un brin confuse. Il semblait que l'alarme n'était pas tout à fait opérationnelle au moment de leur départ, que c'était elle qui était censée s'en occuper, que la société de maintenance pour l'alarme et les caméras devait passer pendant leur absence, mais qu'en fait personne n'était venu. À part les jeunes qui s'étaient installés, bien entendu.

— Pourquoi des jeunes, madame Izarra ? a dit Taïbo.

— Vous voyez des vieux faire cela, lieutenant ?

Taïbo a réfléchi et il s'est dit que oui, il voyait bien des vieux faire cela, il a insisté, voulant savoir si quelque chose de plus précis lui paraissait indiquer qu'il s'agissait de jeunes personnes.

— Les parfums que la fille a choisi de porter, a-t-elle répliqué.

Il n'a rien trouvé à répondre alors il est allé examiner les lieux. Madame Izarra l'a précédé dans l'escalier et il est resté quelques marches en arrière pour ne pas être trop près d'elle et ne, bien sûr, pas se retrouver les yeux à hauteur de ses fesses. Il y avait six chambres à l'étage et elles avaient toutes été essayées, lui a précisé madame Izarra. Le lieutenant n'a vu qu'une enfilade de pièces toutes aussi bien agencées, confortables et engageantes que celles d'une pension de famille rigoureusement tenue. Madame Izarra a indiqué que dans chacune d'elles les lits avaient été défaits et qu'il était évident que des gens (des « corps », a-t-elle dit) y avaient dormi. Il y en avait une fermée à clé mais elle la lui a obligeamment ouverte. C'était une chambre d'adolescente, avec guitaristes au mur, coupes de marathonienne alignées au-dessus de l'armoire, couvre-lit en patchwork et mur peint en bleu ciel, le genre de chambre qui porte encore des oripeaux d'enfance, ours en peluche et boîte à musique, mais qui se métamorphose par vagues en autre chose, quelque chose de plus sexuel, types torse nu en poster, photos de gamines collées les unes aux autres, gloussant pour des raisons mystérieuses. Madame Izarra a refermé très rapidement la porte en disant :

— Ils n'ont presque pas touché à celle-ci.

Taïbo s'est demandé comment les intrus avaient déniché la clé puis il a pensé que sa fille était morte et qu'il avait mis un pied dans le mausolée, cette conviction l'a empêché de poser la moindre question, Taïbo avait cette sorte de pudeur qui lui interdirait toujours d'être plus qu'un lieutenant de police dans une ville désertée la moitié de l'année, il ne pouvait simplement pas poser la question qui fâchait, pris qu'il était d'une empathie encombrante. Il s'est secoué et il a continué à faire le tour des chambres mais il n'y avait plus rien à examiner, madame Izarra avait tout rangé, tout nettoyé, expliquant que la bonne (elle ne disait pas « bonne », elle disait « dame de maison ») ne devait revenir que le lendemain, précisant qu'elle-même avait passé sa nuit à tout briquer, et Taïbo ne comprenant pas bien ce qu'on attendait de lui, a juste dit, les bras ballants, « Il n'y a donc pas d'empreintes », et elle, presque satisfaite de cette constatation, comme si on la complimentait sur ses qualités ménagères, a approuvé avec un haussement de sourcils charmant au-dessus de ses yeux beiges. Taïbo a cru bon de préciser :

— Et puis si rien n'a été dérobé, madame, je ne peux pas faire grand-chose.

Au moment de partir il a voulu en savoir plus, même si au fond tout cela n'avait pas grande importance et qu'il ne se serait jamais déplacé si le mari Izarra n'avait pas eu ce ton si peu amène et si son collègue Julio ne lui avait pas dit hier soir à l'heure de la relève, « Tu devrais aller voir, le type est un gros bonnet, il pourrait t'emmerder », Taïbo avait presque oublié que c'était pour cela qu'il était venu jeter un œil chez les Izarra et pas seulement pour trouver un but à sa ronde matinale, alors il a demandé à madame Izarra si elle pensait que ce pouvait être des gens de son entourage, des enfants, des neveux, des amis de ses enfants. Elle a répondu qu'elle n'avait ni enfants ni neveux et pas beaucoup de jeunes autour d'elle.

— Et du personnel de maison ? a-t-il insisté.

Mais madame Izarra a dit qu'on sentait bien que les intrus ne connaissaient pas la maison : ils n'avaient pas dévalisé le bon congélateur. Ils avaient d'abord vidé celui avec les petits pois au lieu de commencer par celui avec le gibier de son mari.

Taïbo a hoché la tête, comme si son raisonnement lui paraissait judicieux. Avant de partir il est allé voir le jardin derrière la maison, elle l'a suivi, il a dit, « Il est très bien entretenu », et en effet il était magnifique, il y avait même une roseraie, elle a toussoté en disant qu'il l'était moins qu'avant, alors Taïbo et son imagination trop fertile ont pensé que c'était la fille morte des Izarra qui avait l'habitude de s'occuper du jardin et que les choses n'étaient plus maintenant ce qu'elles étaient autrefois, il s'est retourné un peu brusquement vers madame Izarra, il lui a serré la main en lui assurant qu'il la tiendrait au courant s'il avait des informations (des informations sur quoi au juste ? sur des jeunes qui venaient dormir chez les gens pendant leurs vacances ?) et il est parti.

La roseraie de Vida

Juste après le départ du lieutenant, Vida est allée s'asseoir dans la cuisine. Vida aime particulièrement cette pièce dans la grande maison que Gustavo a fait construire parce qu'on y bénéficie d'une très belle vue sur la baie. C'est une vue qui la rassérène ; elle a quelque chose de luxueux (c'est comme si vous ne pouviez ignorer qu'une vue comme celle-là, ou du moins la jouissance que vous en avez depuis une habitation, a une signification très précise et en dit long sur l'état de vos finances). La vue est luxueuse mais ce n'est pas cela qui lui plaît (et encore, il est possible qu'elle se trompe, qu'en fait elle soit si heureuse d'être partie de son village, d'avoir quitté sa misère, d'avoir réussi (même partiellement même ponctuellement) à éjecter le démon qui s'était assis sur son ventre, le démon qui s'assoit sur le ventre des habitants d'Irigoy quand ils naissent dans cet endroit au milieu du désert et du guano, elle est tellement heureuse de cela qu'elle se ment peut-être à elle-même et c'est bien entendu le plaisir d'avoir de l'argent qui la comble et non une quelconque satisfaction esthétique). Cette vue est une sorte d'extension séduisante d'elle-même. Elle se sent méritante quand elle la contemple. Comme si elle l'avait gagnée. Ce qui est toujours une prétentieuse et oublieuse façon de s'octroyer des biens.

Gustavo ne comprend pas pourquoi elle passe tant de temps dans cette cuisine. Elle reste assise à boire du thé, un coude sur la table et les yeux fixés sur les agaves qui descendent le long du chemin vers la route et sur la mer qui miroite au loin comme si elle abritait un trésor.

Le sol de la cuisine est en grès comme dans toute la maison. C'est une pierre étrange qui semble adapter sa température à la vôtre, Vida marche pieds nus, ce qui agace Gustavo, et elle sait parfaitement pourquoi cette habitude l'agace, il pense qu'elle lui vient de son enfance au village, il ne sait pas, lui a-t-elle seulement dit, que sa grand-mère lui interdisait toujours de marcher autrement qu'avec de vieilles savates aux pieds, elle avait une théorie selon laquelle le froid de la terre remontait dans les jambes des fillettes et leur *glaçait* les ovaires. Elle ne disait pas ovaires elle disait : l'intérieur. Et Vida ne supportait pas la liberté que la grand-mère accordait ainsi à ses cousins et les obligations afférentes à son sexe mineur et qu'en avait-elle donc à faire à six ans d'être capable ou non de procréer.

Gustavo a tenu à ce que les fenêtres aient des angles. Il devait rêver d'une maison à la Franck Lloyd Wright. Tout en pierre, en bois et en verre. Sauf que la colline sur laquelle elle est édifiée n'est pas stable ; la maison n'a que vingt ans et elle se fissure à tel point qu'on la croirait bâtie sur une carrière.

Vida reste assise parfois à regarder simplement les fissures qui se forment. Gustavo de son côté appelle les architectes et ses divers assureurs. Mais elle, elle ne fait que regarder les fissures créer de curieux encéphalogrammes dans toute la maison.

Les fenêtres de leur maison ne s'ouvrent pas.

C'est une chose qui rendait folle Paloma.

Gustavo a fait installer la climatisation dans toutes les pièces, même dans le placard à chaussures. Alors il a décrété qu'ouvrir les fenêtres serait inutile.

Ce matin-là il y a cette belle lumière orange qui confère une phosphorescence étrange aux murs de la palissade et à l'antenne-satellite. On voit même la lune dans le ciel très bleu – ses cratères sont aussi bleus que le ciel et on dirait qu'elle est percée ou transparente par endroits. La maison est silencieuse. Une maison dont les fenêtres ne s'ouvrent pas est une maison effroyablement silencieuse. C'est comme si on lui demandait de subvenir en circuit fermé à sa propre subsistance – et cette pensée inquiète Vida, elle a l'impression de se retrouver dans un roman terrifiant où la chaudière prend vie (ou bien le congélateur ou n'importe quoi de théoriquement inerte, ronronnant et sans âme), et où l'objet qui s'anime réduit la famille en esclavage, massacrant d'abord quelques-uns de ses membres puis réduisant les survivants en esclavage.

Vida sort dans le jardin écouter la rumeur lointaine et fastueuse du monde, fastueuse parce que lointaine, si peu dérangeante, une rumeur qui vous dit juste que le monde existe mais qu'il ne peut en rien contrarier la perfection de ce petit matin (le vrombissement de l'autoroute là-bas très loin près de l'hôpital bleu de Villanueva, les mouettes, le ressac, en se concentrant bien, il devrait bien y avoir le bruit du ressac et le chuintement de l'écume, même si on est tout en haut de la colline, un long courrier qui traverse le ciel de part en part avec ses minuscules voyageurs plongés dans le sommeil, les guêpes, le bourdonnement des guêpes, et aussi celui des abeilles attirées par les roses de Vida, quelle différence d'ailleurs entre leurs bourdonnements respectifs ?) et Vida marche jusqu'à la roseraie et elle revoit la silhouette d'Adolfo penchée sur ses roses. La première fois qu'il est venu s'en occuper, elle l'avait laissé dans le jardin et elle était ressortie deux heures plus tard pour aller voir ce qu'il avait fait, il avait scrupuleusement suivi ses instructions, désherbé, élagué et nettoyé, donnant aux roses l'écrin qu'elles n'avaient jamais encore eu, et Vida s'était étonnée qu'il eût su si précisément, et au-delà de ce qu'elle avait pu lui dire, ce qu'il convenait de faire dans son jardin.

Elle avait seulement dit :

— C'est parfait.

Il l'avait regardée dans les yeux et il avait répondu, mais elle ne pourrait le jurer :

— Je sais ce que chacun de vous attend.

Elle ne pourrait le jurer parce qu'il reste des zones floues concernant ce garçon. Elle arrive simplement à visualiser sa silhouette dans le jardin, et son chapeau de cuir pareil à celui que portent les hommes des collines ; il lui avait parlé avec l'accent d'Irigoy, comme s'il avait su d'où elle venait elle-même, un accent qu'il perdait quand il s'adressait à quelqu'un d'autre, et comment pouvait-il deviner d'où elle venait.

Vida s'assoit sur le banc de pierre sous la voûte fleurie, elle étale les plis de sa tunique autour d'elle, regarde ses mains en les tendant devant ses yeux, doigts écartés, comme pour s'assurer qu'il s'agit bien toujours de ses mains, qu'elles n'ont pas vieilli, ne se sont pas tachées pendant la nuit, elle ôte les épingles qui maintiennent son chignon afin de sentir le poids de ses cheveux sur ses épaules et elle soupire en se laissant aller au plaisir perforant de penser à Paloma.

Une désertion

À chaque fois qu'il y avait du monde à la maison et que Vida abordait un sujet important, parce que ça lui arrivait parfois de réfléchir à ce qu'elle avait lu ou entendu, ce n'était jamais brillant ou fulgurant, ce qu'elle osait exposer était simplement le fruit de ses modestes réflexions, quelque chose de personnel et sans prétention, mais cela suffisait pour que Gustavo la regardât sans comprendre, Vida sentait son regard sur elle, il avait son verre à la main, il parlait avec un type à moustache mais il avait entendu ce qu'elle avait dit à propos des Malouines ou d'un traitement révolutionnaire contre la dépression et il ne pouvait s'empêcher de la scruter comme s'il soupçonnait on ne sait quelle arnaque et s'ils étaient tout seuls (mais il le faisait même devant les types à moustache et leurs femmes à ramage), il lui demandait, « Et qui t'a dit ça ? », comme s'il lui avait refusé la possibilité d'avoir un cerveau, une vie à elle, des lectures, des discussions, un jugement propre. Et c'était cela qui était éprouvant. Ce qu'il pensait fondamentalement de sa femme.

Cette façon dont Gustavo parlait à Vida, c'était ce que Paloma n'avait plus supporté. Vida en est sûre maintenant qu'elle est assise sur le banc de pierre dans la roseraie à écouter le ronronnement lointain du monde. Elle en est convaincue. Ces désaveux de Gustavo sont sans doute l'unique raison, la vraie raison, la première raison, celle qui a couronné toutes les autres et qui a fait que Paloma a pris ses cliques et ses claques et qu'elle est partie. Se peut-il réellement qu'il y ait eu d'autres causes à son départ ?

Les jeunes gens tristes et attentifs

Le lendemain ce sont les Balaseca qui ont appelé :

— Il semblerait que des gens se soient installés chez nous pendant notre absence.

La chose a commencé à amuser le lieutenant Taïbo.

Chez les Balaseca il est une fois encore arrivé trop tôt. Il a lu dans la voiture pour attendre une heure décente, ses longues jambes coincées sous le volant. Taïbo est un flic qui n'aurait pas dû être flic. Quand il était gamin il voulait devenir professeur ou avocat ou ethnologue. Là d'où il vient, au village, personne ne sait ce que signifie le mot « ethnologue », alors il fanfaronnait en se croyant supérieur au reste du monde. Et finalement il est devenu flic. Ça tout le monde sait ce que ça veut dire.

La maison des Balaseca est plantée très haut sur la colline et on voit les îles depuis tous les coins de ce jardin à palmiers et magnolias si coquettement entretenu. La pelouse est verte et drue comme une moquette. Et qu'y a-t-il de plus beau que la mer avec ses îles volcaniques ? Les îles paraissent simplement posées sur l'eau, naviguant au gré des vagues, se déplaçant avec lenteur d'un point à un autre.

Cette maison ne ressemble pour autant pas du tout à celle des Izarra. Celle des Balaseca essaie de se faire passer pour une hacienda, ses murs sont enduits de chaux, le haut des portes est en demi-cercle et les balustrades en fer forgé à l'étage sont toutes tarabiscotées.

Les Balaseca ont accueilli Taïbo, lui ont offert du café, fait part de leur inquiétude, comment des gens peuvent-ils s'introduire chez vous, se glisser dans vos pénates, se prendre pour vous, regarder vos films, vautrés dans votre canapé, dormir dans votre lit, se servir de votre shampooing, utiliser le service à café de madame Balaseca mère, celui qu'on ne sort jamais de peur de le réduire en miettes, parce que sa porcelaine est si fine qu'on peut voir les ombres à travers, et à quoi sert-il donc d'être prudent et parcimonieux si n'importe qui peut venir chez vous et briser ce que vous avez mis tant d'application à ne pas même ébrécher, si n'importe qui fouille dans vos tiroirs et y trouve ce que vous ne montreriez même pas à vos meilleurs amis (un corset en dentelle fine de Paris et de petits jouets vrombissants), et pourquoi ne montreriez-vous pas cet attirail à vos amis, mais tout bonnement parce qu'il s'agit de votre *intimité*, et ces gens se sont donc emparé de votre intimité, et madame Balaseca avait l'air toute bouleversée, ou peut-être choquée, comme si elle avait assisté à un accident de voiture, et monsieur Balaseca s'efforçait d'être pragmatique, il disait, « Ils n'ont rien pris, ils se sont juste servis de ce que nous avions, ils ont bu mon vin, et aussi tous les sodas », et il est venu à l'esprit de Taïbo qu'il s'agissait d'enfants parce que les Balaseca avaient tout laissé en l'état afin que rien n'échappât à la vigilance du lieutenant, et la maison était dans un désordre indescriptible, comme lorsqu'on la confie à ses enfants et que l'on rentre sans prévenir un jour plus tôt que prévu. Les Balaseca étaient partis pendant deux mois et les intrus avaient dû habiter chez eux au début de leur absence. Tout était ainsi resté dans cet état de désordre pendant plusieurs semaines ; on aurait dit un désordre sédimenté.

Taïbo a relevé les empreintes, il y en avait de deux sortes, mais il a indiqué à monsieur et madame Balaseca que les intrus (madame Balaseca disaient les « squatteurs ») avaient quitté les lieux depuis trop longtemps et que les résultats ne seraient sans doute pas probants. Madame Balaseca s'est plainte qu'ils avaient cassé l'une de ses potiches aztèques dans l'entrée et Taïbo s'est dit qu'ils cassaient comme on casse par inadvertance et que leur maladresse était une maladresse sans malice, n'était-il pas vrai qu'ils n'abîmaient rien et ne volaient rien, ils ne faisaient que se glisser dans la peau d'inconnus.

Taïbo est reparti en leur conseillant de faire réparer leur alarme, rentrant au poste et imaginant le trajet des malandrins d'une maison à l'autre, de la maison des Balaseca à celle des Izarra, il s'est demandé s'ils étaient actuellement quelque part dans les parages, dans l'une des villas désertées de la colline Dollars à vider la cave à vins de monsieur et à suer sur le rameur de madame.

Finalement les empreintes ne menaient à personne de connu.

Trois jours après, monsieur Jean-Baptiste Fromentier (il était dominicain) de la bijouterie Fromentier et fils a appelé.

Taïbo y est allé avec Julio son collègue – un gars calme qui n'avait pas trente ans, il mangeait tout le temps et transportait avec lui une forte odeur de friture, on pouvait se demander s'il n'accrochait pas son uniforme au-dessus de la cuisinière chez lui, c'était facile de se représenter son intérieur, sa mère lui préparait des beignets sous le néon, il habitait avec elle un rez-de-chaussée du quartier nord et il dormait derrière un rideau dans la cuisine. Il était pacifiquement obèse. Et il faisait collection de timbres et d'autocollants de footballeurs qu'il manipulait de ses grosses paluches avec une pince à épiler.

Quand l'équipe de choc du poste de police de Villanueva est arrivée à la bijouterie, Fromentier le patron les attendait dehors, faisant les cent pas dans son costume bleu moiré. Deux vieilles en noir le regardaient depuis le trottoir d'en face, serrant de grands cabas à carreaux sur leur ventre.

La bijouterie Fromentier et fils était l'unique bijouterie de Villanueva, elle occupait un pâté de maisons entier, Jean-Baptiste Fromentier avait réussi à garder le monopole des dépenses en joaillerie diverse de la colline Dollars.

Il était très agité quand il accueillit les deux policiers, il répétait des paroles peu cohérentes sur l'argent qu'il allait perdre à tout remettre en ordre, « Je vais louper des commandes et aucun assureur ne peut rien contre ça », disait-il, il gesticulait, on aurait pu croire qu'il tentait de se débarrasser d'une armada de fourmis rouges qui se seraient faufilées sous la moire de son costume, Taïbo voulut savoir ce qui s'était passé, mais l'autre n'arrivait pas à être clair, il disait simplement, « Tout a été déplacé ». Et Taïbo a pensé, « Pourquoi m'appelle-t-on quand les choses sont *déplacées*, qu'ai-je à faire de ces tragédies minuscules ? » et Fromentier a glapi, « En plus si je dois compter sur l'autre ahuri pour vérifier s'il y a eu vol », alors Taïbo a aperçu l'ahuri en question qui était le commis de Fromentier, un garçon au visage grêlé, en blouse blanche, qui donnait l'impression de vouloir se fondre dans le mur, il était clair qu'il avait déjà dû avoir affaire à l'injustice et qu'il se gardait d'approcher de trop près les scènes de crime de peur d'être pris dans la rafle. Taïbo est venu vers lui pour échapper aux pantomimes de Fromentier et pour l'interroger, et le garçon lui a dit que les commandes avaient toutes été mélangées, qu'il y en avait pour des sommes astronomiques (et on sentait qu'il répétait un mot de Fromentier), et qu'il était difficile de savoir ce qui manquait, que les commandes étaient comme d'habitude dans de menus sacs en papier nominatifs mais qu'aucun des noms ne correspondait plus à ce que contenaient les sacs, que les perles dans les écrins étaient à la place des émeraudes, et les rubis à la place des améthystes, que les tiroirs avaient été vidés et ensuite remplis en dépit du bon sens, les vitrines avaient été brisées mais uniquement pour accueillir d'autres bijoux que ceux qu'elles présentaient ordinairement. Le commis triste a ajouté qu'il y avait une caméra, il a dit ça pensivement pendant que Fromentier bramait dans le téléphone, « Ce sont des jeunes », ne s'adressant sans doute pas à son assureur en ces termes, car qu'aurait bien pu faire l'assureur de ce genre d'information, mais tenant à aviser les policiers de ses déductions alors répétant à intervalles réguliers tout en éloignant le combiné de sa bouche, « Ce sont des jeunes ».

Taïbo avait envie de le faire taire.

Il est allé visionner le film dans l'arrière-boutique. Il n'y avait pas grand-chose à voir. La caméra avait été obstruée très vite avec de la crème chantilly. On avait juste le temps de distinguer deux silhouettes dont l'une était indéniablement celle d'une fille. Elle avait les cheveux très longs et clairs et un loup noir sur les yeux. Elle s'était dessiné une fine moustache et une barbichette.

Le commis en blouse blanche a marmonné quelque chose et, encouragé par Taïbo, il a dit que la fille avait la silhouette de Paloma Izarra.

— Paloma Izarra ? a répété Taïbo.

— Oui. Ses parents ont une villa en haut de la colline (il a désigné une vague direction avec le menton). Un truc tout en verre et en béton.

Taïbo a hoché la tête. Et tandis que le commis racontait qu'il la voyait régulièrement, il y avait de cela deux ou trois ans, elle venait avec sa mère à la bijouterie de monsieur Jean-Baptiste Fromentier, s'asseyant dans le fauteuil près de la vitrine et s'ennuyant ferme alors que sa mère essayait des boucles d'oreilles et lui en proposait, mais toujours la jeune fille refusait, toujours la jeune fille fronçait les sourcils, tandis donc que le commis racontait, si clairement qu'il était évident que la beauté blonde de la jeune Paloma le perturbait quelque peu, Taïbo a revu madame Izarra lui disant qu'elle n'avait pas d'enfants.

La mélancolie des cow-boys

Alors que ce soir-là Taïbo rentrait chez lui par le front de mer, après avoir visité la bijouterie Fromentier et fait un lien (mais sans savoir bien de quel genre de lien il s'agissait) entre madame Izarra, son mensonge à propos de sa fille, et la jeune « cambrioleuse » à moustache, il ressentait une sorte d'agréable préoccupation (quelque chose enfin emplissait ses pensées).

À cette période de l'année, et selon votre état d'esprit, le front de mer est un endroit sinistre ou propice à la méditation. Taïbo roule lentement sous les palmiers en berne. Les vieilles villas de vague inspiration grecque avec leurs colonnades, leurs pigeonniers, leurs kiosques à musique et leur sournoise végétation sont toutes fermées. La mer est aussi mate qu'un aluminium brossé, les restaurants ont baissé leur rideau d'hiver, le petit train à touristes dort dehors le long de l'avenue, comme s'il hibernait pour de longs mois, Chico son propriétaire n'a pas les moyens de lui trouver un garage pour l'hiver, alors il le laisse rouiller et subir les tempêtes d'équinoxe devant l'unique bar ouvert du front de mer. En général, le soir, Taïbo s'arrête dans ce bar pour boire une bière et bavarder. C'est presque indispensable pour lui d'avoir un sas avant de rentrer dans son mobil-home. Et de ne plus parler à personne avant le lendemain.

Certains soirs il appelle Teresa mais elle ne répond pas toujours. Et d'autres fois c'est elle qui l'appelle, quand elle se sent seule et nostalgique. Ils se parlent prudemment puis raccrochent et Taïbo prend garde à ne pas se laisser aller à imaginer des choses inimaginables.

Les hôtels sont bouclés comme si personne au monde n'était sensible à la beauté de ce paysage d'hiver, comme si personne n'aurait l'idée de venir se ressourcer dans un endroit comme celui-ci.

La tristesse de Villanueva lui plaît, elle a un goût de vieil alcool. Mais parfois il se dit qu'il n'aime pas vivre ici. L'océan et le ciel, toute cette eau, de l'eau qui se noie dans de l'eau. La pluie d'hiver. Quand on nage il se met à pleuvoir et il y a ce sable froid sur lequel on s'assoit. Vous plongez la main dedans et le sable glacé et sombre fait des kilomètres de profondeur. S'il n'a pas plu le sable sec est comme un mince épiderme, le sable mouillé apparaît à cinq millimètres de la surface et il n'y a rien à faire pour que le monde soit un peu plus accueillant. Il y a toujours cette humidité, vos cheveux sont toujours poisseux, ils ondulent et prennent une densité étrange.

Taïbo se dit régulièrement, « Ici c'est comme une remorque attachée à la terre, il n'y a plus rien derrière ».

En rentrant à Villanueva Nueva, après avoir fait un arrêt au bar du front de mer, Taïbo pense à madame Izarra. Et cette pensée crée chez lui

une étrange chaleur, comme une excitation tranquille. Il est sorti du bar avec l'impression qu'un
cadeau l'attendait. C'est comme quand il était
enfant, qu'il avait reçu un présent pour son anniversaire, et qu'il se réveillait le lendemain matin
tout joyeux. Il ne savait plus pourquoi il était
joyeux. Et puis il se souvenait de la canne à
pêche ou de la planche à roulettes reçue la veille
et il était merveilleusement satisfait, baignant
dans un bien-être harmonieux.

C'est quelque chose d'équivalent qu'il ressent
en rentrant chez lui.

Et c'est pour lui assez inexplicable.

Il traverse la zone commerciale et le quartier
des nouveaux propriétaires – des immeubles de
trois ou quatre étages avec des balcons orientés
plein sud (pour des gens qui ne sont donc pas
du pays parce que personne ici n'irait orienter
son balcon plein sud, ce serait une façon de ne
pas vouloir survivre à l'été), ils sont déjà fissurés,
le crépi dégringole et le placage s'en va en lambeaux. On voit encore les colonnades autour des
portes d'entrée, les colonnades qui veulent rappeler les villas du bord de mer mais qui ont l'air
de torsades de guimauve, épuisées de ne rien
soutenir, se transformant lentement en ruines
tristes et s'écroulant sans grâce.

Au-delà du quartier des nouveaux propriétaires il y a le terrain où il a son mobil-home
juste derrière le grand hôpital de Villanueva. Un
bâtiment magnifique, bleu et transparent, qui
surplombe l'autoroute, ç'a été une idée merveilleuse de construire un édifice aussi élégant
et imposant pour abriter la douleur. Il s'effile en
pointe vers l'est – vers l'océan – et on peut imaginer

qu'il s'agit de la proue d'un navire, qu'il ne reste que quelques filins qui le rattachent au port et qu'il va prendre très bientôt la mer avec tous ces malheureux à l'intérieur. L'air iodé les soignera ou les galvanisera. Ils vogueront longtemps sur une mer étale. Et Taïbo aime cette idée qu'un matin il ouvrira le store de son mobil-home et ne le verra plus là, ce grand hôpital, ils seront tous partis naviguer et plus jamais personne n'aura de leurs nouvelles.

Il est rentré chez lui, il s'est déshabillé et jeté sur son lit à côté du téléphone. D'habitude c'est le moment le plus délicat de sa journée. Il reste près du téléphone et il a envie d'appeler Teresa. Il s'efforce de ne pas le faire. S'il n'a pas trop bu il lit, c'est ce qu'il y a de plus efficace, il lit des livres de la bibliothèque, il y passe une ou deux fois par mois, les filles de l'accueil lui disent, « Bonjour, lieutenant », et il ne sait jamais si elles sont un peu moqueuses ou charmées, le calme de la bibliothèque lui plaît, il n'y a jamais grand monde hors saison. Sinon il allume la télé. Il regarde le révérend Paco Eugenio dans son stade, pailleté comme un King réincarné. Il aime beaucoup écouter le révérend Paco Eugenio parce qu'il énonce des vérités édifiantes comme, « Le plus simple avec les handicapés, c'est de ne pas en être un ». Il dit la même chose des Noirs (et par moments, des femmes).

Taïbo scrute la foule qui scande le nom du révérend et celui de Jésus. Il aurait envie d'y voir plus clair là-dedans.

Il essaie de s'endormir avant la fin du sermon.

Sinon il risque de sombrer de nouveau.

Teresa et lui se sont séparés – elle est partie – il y a dix ans. Elle habite toujours la ville voisine, Salvatierra.

Elle lui manque comme si elle avait fait ses valises hier après-midi. Taïbo fait semblant d'avoir une vie normale de célibataire qui loge dans un mobil-home. Parce qu'ici personne ne peut comprendre cela. On peut vous écouter ou vous consoler pendant une ou deux semaines après un deuil ou une rupture. Mais dix ans après on vous prendrait pour un maniaque.

Dans le village de Taïbo les veuves portaient le deuil pendant quinze ans, elles s'habillaient en noir, mettaient des rideaux noirs aux fenêtres, certaines allaient jusqu'à peindre les carreaux des fenêtres de leur maison en noir. Personne n'aurait jugé que c'était excessif.

Teresa vit avec un homme qui travaille au casino où elle est croupière. Elle a quitté Taïbo pour cet homme, elle se dispute fréquemment avec lui, alors elle appelle Taïbo quand la situation s'envenime. Elle boit trop et ne peut pas avoir d'enfants. Cela la rend folle. Son utérus est comme un petit nid tout sec. Elle n'a jamais eu ses règles. Ou peut-être une fois quand elle avait treize ans.

Teresa a quitté Taïbo avant qu'ils aient eu le temps de s'agacer l'un l'autre. Ce qui rend les choses beaucoup plus difficiles pour Taïbo qui a tendance à se repasser en boucle les moments vécus avec elle pendant les quelques années qu'ils ont partagées, et puis à revoir le film du jour où elle est partie, son nouvel amoureux à moto l'attendant en face de chez eux, mais pourquoi donc s'en est-elle allée pour être malheureuse ailleurs et avec un autre homme, pourquoi n'a-t-elle pas préféré cultiver sa tristesse alcoolisée avec Taïbo, et celui-ci la revoit monter derrière le type qui a coincé la caisse de Méthylène, le chaton de Teresa, entre son torse et le guidon, et comme il n'a qu'un casque il l'a donné à Teresa, et Taïbo, qui était derrière la fenêtre de l'autre côté de la rue, a vu la chevelure de ce type, une chevelure très noire, si noire et si dense et si impressionnante qu'on ne prêtait pas attention à son visage et il a aperçu un tatouage qui grimpait sur sa nuque et des anneaux à ses oreilles, Taïbo n'a jamais revu cet homme, c'est l'unique image qu'il a de lui, cette chevelure si noire, il le revoit démarrer, il les revoit partir, le laissant avec son bout de vie dévastée.

Il avait ressenti une peine viscérale – stupéfiante.

Mais ce soir-là Taïbo pense à madame Izarra.

Et il se rend compte qu'il ne connaît pas le prénom de madame Izarra (et continuer à l'appeler madame Izarra revient à parler d'elle comme si elle était une voisine à qui il emprunterait du lait à l'occasion). Elle s'est présentée à lui en disant : madame Gustavo Izarra.

Taïbo se sert une bière d'une main et il allume de l'autre la télé sans le son, on voit un raz-de-marée emporter des bungalows sur une plage, le vent couche les palmiers, et le cameraman, indubitablement, a fini par se faire avaler par la tempête. Vouloir témoigner d'un cataclysme paraît tout à coup à Taïbo un métier bizarre et vaniteux, il change de chaîne et retrouve le révérend bénissant ses milliers de fidèles en silence avec son rayon laser.

Alors il se lève pour aller prendre l'annuaire et il n'y trouve que le nom du mari de madame Izarra. Celui-ci possède apparemment une entreprise de matériel médical. Taïbo reste songeur, pensant à l'hôpital à côté de chez lui et à tous les speculum et les ciseaux et les objets coupants qui brillent avec le nom d'Izarra gravé dans leur métal. Il se reprend. Il ne s'agit pas de cuillères à café offertes par des stations-service. Le nom d'Izarra n'a aucune raison d'être sur les accessoires de l'hôpital.

Il se sent vaguement attristé que madame Izarra ait décidé de disparaître derrière le nom de son mari. Il se rassoit et monte le son, sachant que ce soir il ne parviendra pas à s'endormir.

Mais qui saura d'où je viens ?

Gustavo a invité le directeur de l'hôpital et sa femme pour le dîner.

Il est rentré un peu plus tôt que d'habitude pour avoir le temps de se doucher et de se changer. En arrivant il passe la tête dans la cuisine où Vida est avec Arantxa en train de préparer le repas :

— Tout est prêt, demande-t-il, tu es habillée ?

Alors qu'il est assez évident qu'elle n'est pas habillée pour recevoir des invités de Gustavo – pas tel que le protocole le stipule dans cette maison –, elle porte encore sa tunique violette sur laquelle elle a ceinturé un tablier.

Elle répond lentement, « J'y vais ». Mais Gustavo n'entend pas sa réponse, il est déjà en haut de l'escalier. Elle essaie de se rappeler le prénom de la femme du directeur de l'hôpital. Celle-ci doit se poser la même question à son propos en ce moment même, elle interroge peut-être son mari, « Esteban, comment s'appelle déjà la femme de Gustavo Izarra ? », et lui n'en sait rien non plus, à moins qu'ils ne soient très organisés, ce qu'on peut soupçonner chez un directeur d'hôpital et sa femme, et qu'ils prennent des notes sur des fiches, ils les complètent avec le nom des enfants, l'endroit où leurs connaissances vont en vacances, le vin qu'ils ont apporté la fois précédente ou ce qu'ils ont offert eux-mêmes à dîner, il y a même peut-être les sujets de conversation à éviter (le père de madame vient de mourir d'une crise cardiaque, évitons de parler du service de cardiologie, par exemple).

Vida monte enfiler la robe verte que Gustavo aime beaucoup – elle aussi aime cette robe mais sans doute pas pour les mêmes raisons que lui, elle a l'impression qu'elle pourrait se glisser dans le jardin et disparaître entre les pierres et les agaves, que personne ne soupçonnerait jamais qu'une femme est cachée là dans de longs voiles verts.

Gustavo sort de la salle de bains, il sent le parfum et ses cheveux poivre et sel sont plaqués en arrière, il sourit (à cause de la robe verte), « Tu ne mets pas de bijoux ? ». Vida comprend qu'il veut qu'elle porte le collier d'émeraudes qu'il lui a offert. Mais elle secoue la tête. Il ne faut pas exagérer. Ce soir elle n'a pas envie d'être le porte-étendard de la réussite des scalpels Izarra. Elle dit, « Cette robe se suffit à elle-même ».

Il grimace à peine – Gustavo a un beau visage aux traits fins très agréablement ridé, il en prend grand soin, il s'applique des crèmes autour des yeux, Vida aime bien l'effrayer en lui disant que le principe de ces crèmes est de provoquer des mini-infections qui font gonfler l'épiderme et le lissent. Elle l'a même vu parfois se mettre du fond de teint.

Mais ce soir-là il ne l'entend pas ainsi, il dit en nouant sa cravate, « S'il te plaît ça me ferait tellement plaisir que tu portes le collier vert que je t'ai offert, il irait parfaitement avec cette robe ».

Elle voudrait répliquer, « C'est faux Gustavo, ça fera atrocement plouc, tout ce vert sur moi. Je vais ressembler à une algue toxique ».

Mais elle ne dit rien.

Elle va chercher le collier.

Elle n'a pas le monopole de l'élégance dans cette maison.

C'est évidemment dû à l'endroit d'où elle vient.

Elle s'assoit à sa coiffeuse.

— Ah voilà, dit Gustavo en passant derrière elle et en la regardant dans le miroir comme si tout s'éclairait dans son esprit et que l'évidence de la beauté de sa femme se mariait idéalement avec l'étalage de son argent.

Il quitte la pièce, Vida voit son dos franchir la porte, son dos dans une de ses centaines de chemises blanches qui lui font le teint plus bronzé et la taille fine, elle se dit, « Mon mari fait trop attention à son apparence ». Elle pense, « Mon tout petit mari ». Elle se maquille avec la tentation d'en faire trop, d'arriver, au moment de l'apéritif sur la terrasse (mais ils ne prendront sans doute pas l'apéritif sur la terrasse, Gustavo voudra qu'ils profitent *totalement* du confort de l'air conditionné), peinturlurée et toute décorée (elle aurait non seulement mis le collier d'émeraudes mais les boucles d'oreilles en améthyste, plusieurs sautoirs de perles et des bracelets en argent, ceux qu'elle adore et qui viennent d'un village pas très loin d'Irigoy, ceux que Gustavo appelle « ta quincaillerie ». Il serait obligé de la raccompagner dans ses appartements en lui tenant fermement le coude et il dirait au directeur de l'hôpital et à sa femme (toujours aucune idée de son prénom), « Elle est un peu malade des nerfs », alors qu'au fond le seul problème c'est que Vida a peur d'oublier d'où elle vient et elle a peur que personne ne le devine jamais, elle a si bien camouflé la chose, elle se répète doucement, « Mais qui saura d'où je viens »).

Elle se maquille discrètement, plissant les yeux pour se voir un peu flou, pour atténuer les imperfections de son visage ou ce qu'elle considère comme des imperfections ou bien encore pour ne pas se reconnaître et se distinguer dans un brouillard myope. Qui est donc cette femme dans le miroir ? Elle finit par descendre accueillir les invités. La femme du directeur de l'hôpital (Vida a discrètement demandé son prénom à Gustavo mais celui-ci a haussé les épaules, il s'intéresse peu au prénom des femmes de ses clients ou de ses collaborateurs, ça lui semblerait aussi incongru que de mémoriser le nom de leur chinchilla) porte une robe très simple et noire avec deux fines bretelles, c'est très élégant et ses seins tiennent tout seuls (ce qui est d'une certaine manière toujours fascinant). Gustavo les a sans doute remarqués, la femme de monsieur le directeur ne fait rien pour les cacher, ils sont trop gros pour son corps et si pleins et ronds qu'on les croirait vissés là pour l'occasion, la climatisation de Gustavo durcit leurs tétons, durcissement qui ne va jamais faiblir au cours de la soirée et qui donne envie bien entendu de lui arracher sa robe pour aller y regarder de plus près. Vida se demande souvent comment les couples vivent leur vie de couple – se parlent-ils toujours, font-ils l'amour, quel genre d'accord ont-ils passé pour vivre encore ensemble ? La vie commune paraît parfois à Vida si *contre nature*. Dans le cas du directeur de l'hôpital et de sa femme, le couple qui perdure tient certainement aux seins tout neufs de madame.

Vida se lève de table durant la soirée et en passant dans le couloir elle aperçoit son reflet dans le miroir. Ce qui lui crée un léger choc. Elle se sent ridicule dans ses voiles verts, on dirait une Grace Kelly inconsolable, l'une de ces femmes qui boivent trop de gin tonic dans les films brésiliens des années soixante.

Quand elle retourne dans la salle à manger, Gustavo et son hôte critiquent la manie qu'ont adoptée les hommes de leur entourage de vouloir faire la cuisine, quand vous arrivez chez vos amis, n'est-ce pas, Monsieur est encore aux fourneaux, la bonne est là, c'est à peine si elle n'est pas assise sur un tabouret de cuisine à regarder Monsieur, les bras ballants, et Monsieur s'enthousiasme, il porte même parfois un tablier, il parle de nourriture sans cesse, et des plats qu'il a élaborés la semaine précédente et de ceux qu'il élaborera la semaine suivante. Gustavo et le directeur de l'hôpital se moquent en levant leur verre et en commentant la cuisson de la bonite aux poivrons qu'Arantxa a servie. Vida fixe le poisson dans son assiette et se demande si ses arêtes ne sont pas irriguées d'un poison qui fait enfler et virer au noir. Elle se tourne alors vers monsieur le directeur qui est à sa droite, comme si elle se délectait à l'écouter pérorer maintenant à propos de la santé de Castro et de la longueur de sa barbe sur les photos récentes. C'est alors qu'elle se décide à l'interrompre en jetant un froid :

— Savez-vous que la meilleure amie de ma fille, il y a quelques années, est morte dans votre hôpital ?

Après un premier mouvement de surprise, monsieur le directeur se recompose et s'enquiert de la maladie dont cette jeune personne est morte. Pendant que Gustavo tente de briser la nuque de Vida de la seule puissance de son regard, celle-ci commence une conversation cancer, chimio et radiothérapie avec monsieur le directeur. Ils finissent la soirée au cognac en débattant de l'efficacité des nouveaux traitements en matière de tumeurs au cerveau, il n'y a pas à dire, monsieur le directeur aime son métier, Gustavo boit et ne parle plus, répondant par onomatopées aux remarques de madame Seins qui essaie de s'intéresser à l'architecture.

Quand ils partent à une heure tout à fait décente, Vida monte à l'étage et lance depuis l'escalier, « Ils sont charmants », elle laisse Gustavo ruminer au rez-de-chaussée, il ne préfère sans doute pas passer à l'offensive, il faut reconnaître que c'est un homme qui n'aime pas le conflit direct, ce qui pendant longtemps les a tous deux bien arrangés.

Elle s'assoit devant la coiffeuse pour se démaquiller et ôter les boucles d'oreilles qu'elle avait achetées un jour en présence de Paloma, et elle aurait tant voulu les offrir alors à Paloma, que celle-ci acceptât le cadeau de sa mère, que celle-ci eût du plaisir à porter les bijoux que lui offraient sa mère, pourquoi se sent-elle donc si triste ce soir et pourquoi tout à coup a-t-elle tant de mal à s'accommoder de cette vie-ci, c'est dû à l'absence de Paloma qui pèse et se rappelle à elle avec une insistance migraineuse ou plutôt c'est dû à son retour subreptice dans la maison, parce que c'est elle n'est-ce pas qui est venue dans la maison pendant leurs vacances, Vida le sait parfaitement, Vida le devine, Vida voit que sa fille est passée et aussi elle voit *l'absence de signe*, aucun signe ne lui était directement adressé (alors que Vida a toujours cru être plus proche de Paloma que Gustavo), il n'y avait rien nulle part, et Vida ne peut s'empêcher de ressentir l'hostilité de sa fille, elle sait que Paloma s'est assise là il y a peu de temps, qu'elle a dû essayer tous ses bijoux, faire l'amour dans son lit, peut-être même en les portant, elle regrette que Paloma ne les ait pas pris, qu'est-ce qui l'a empêchée de le faire, l'idée que sa mère y tenait peut-être. Ou tout simplement celle de ressembler à sa mère, de porter les mêmes bijoux qu'elle lui fait horreur et elle ne peut s'y prêter que pour la singer.

Vida secoue la tête.

Paloma ne peut pas penser ainsi.

Mais si Paloma revient à la maison, n'est-ce pas une façon de montrer à son amoureux la manière dont ses parents vivent, Paloma doit la juger comme on juge ses parents à vingt ans et Vida n'a pas grand-chose à dire pour sa défense, ou du moins pas ce soir, alors elle se couche, elle est infiniment triste, et juste avant d'éteindre la lumière elle se dit, « Mon Dieu il me semble bien être vivante dans ma tombe ».

Les filles qui partent
avec des garçons

Le lendemain matin, elle s'est levée après le départ de Gustavo – l'évitement est certainement l'une des manières de vivre à deux.

Le téléphone a sonné, c'est Arantxa qui a décroché, « Madame, c'est un monsieur de la police qui vous demande ». Et Vida n'a pas pensé un seul instant que le monsieur de la police pouvait avoir une mauvaise nouvelle à lui annoncer, elle n'a d'ailleurs pas douté qu'il s'agissait du lieutenant Taïbo, il fallait que ce fût lui et elle s'est dit, « Il me demande ». Ce fut comme un éblouissement. Elle prenait son café sur la terrasse à l'arrière de la maison, installée comme elle pouvait sur l'une des chaises en métal pesant trois tonnes que Gustavo aimait sans jamais s'y asseoir, et elle écoutait les oiseaux (ce qui fait dire à Gustavo parfois quand il est énervé contre elle ou qu'il a des soucis avec ses instruments médicaux, « Ce n'est pas trop difficile ta vie, n'est-ce pas, tu pourrais devenir ornithologue à force d'écouter les oiseaux, non ? ». Et elle ne comprend jamais bien ce qu'il veut dire par là, parce que Gustavo parle avec des doubles sens cryptés, il y a du souterrain dans tout ce qu'il énonce. Avant, il y a fort longtemps, elle réagissait un peu agressivement quand elle soupçonnait qu'il essayait de la blesser même si elle n'avait pas vraiment saisi ce qu'il avait dit, elle s'offusquait et aboyait, maintenant, elle garde l'œil trouble, et elle lui sourit, du coup il lui envoie des piques moins souvent que lorsqu'ils étaient jeunes, il s'est apaisé ou bien il s'est lassé).

Alors, quand Arantxa est venue chercher Vida sur la terrasse, celle-ci a bondi sur ses pieds et s'est précipitée vers le téléphone en se justifiant (ce qui signifiait qu'elle n'était pas et ne serait jamais une femme du monde), elle a dit, « Le lieutenant doit avoir encore des questions à me poser ». Tandis qu'Arantxa levait un sourcil morne, Vida a pris le combiné et lui a tourné le dos. Parfois elle préfère abdiquer. Elle a entendu le lieutenant attendre à l'autre bout du fil, elle serait bien restée à l'écouter respirer et fumer sa cigarette (ce si ténu crépitement du papier qui arrive à passer sur les ondes) mais il a fini par deviner qu'elle était là, et il a dit :

— Je suis désolé de vous déranger madame Izarra mais j'étais en train de taper mon rapport et je me suis rendu compte que je n'avais pas votre prénom.

— Vida, a-t-elle répondu, Vida Gastorozu Izarra. (Sa voix semblait tout à coup si suave, comme si elle lui avait donné son prénom alors qu'ils étaient tous deux assis sur des tabourets de bar dans une semi-obscurité.)

— Gastorozu ? a-t-il répété (c'était au fond un homme avare de ses paroles, il ne posait pas de questions, il ne faisait que répéter ce que vous veniez de dire un ton plus haut).

— C'est le nom de mon père. La moitié d'Irigoy s'appelle Gastorozu (et là elle l'a senti tiquer, ce fut comme un suspens, quelque chose de perceptible au téléphone, une interrogation silencieuse qui a flotté un instant entre eux, il devait trouver bizarre que madame Izarra vînt d'un endroit comme Irigoy, elle qui vivait dans cette maison en or massif). Là-bas, a-t-elle ajouté, tout le monde est cousin de tout le monde, tout le monde a les mêmes yeux, les mêmes maladies et les mêmes problèmes de hanche (elle a ri en prononçant ces paroles afin de dédramatiser la consanguinité d'Irigoy – mon Dieu, elle se dénigrait comme une adolescente embarrassée).

— Il me faudrait aussi votre date de naissance, a-t-il dit un ton plus bas.

Vida n'a jamais triché sur sa date de naissance. Mais quand il la lui a demandée, elle a touché ses cheveux et son cou, pensant sans doute et sans raison qu'elle allait l'effrayer et qu'il avait peut-être dix ans de moins qu'elle. Elle la lui a tout de même donnée et il a dit, « Oh ». Et le fait qu'il ne pût s'empêcher de laisser s'échapper une exclamation de surprise était à la fois déroutant et vexant (mais aussi, comment l'expliquer, étrangement flatteur, comme s'il s'attendait à quelque chose de particulier concernant l'âge de Vida et que sa maladresse était comme un aveu, elle induisait qu'il se faisait une idée précise de l'âge de Vida, et se fait-on une idée précise de l'âge des gens dont on n'a cure).

Il a expliqué :

— Nous sommes nés le même jour, madame Izarra.

Elle a failli dire, « Sans doute pas la même année, lieutenant ». Mais il n'y avait aucune raison qu'elle continuât ses coquetteries dépréciatives.

— Depuis combien de temps votre fille a-t-elle disparu ? a-t-il poursuivi.

Et là elle l'a trouvé très fin. Il lui parlait non comme elle imaginait qu'un policier pouvait vous interroger quand il découvre que vous lui avez menti, mais plutôt comme le docteur Kuckart la questionnait, d'une voix plaisante et insistante, mais aussi avec une politesse sensible, à la manière de ces hommes qui ne vous regardent pas quand vous êtes dans une situation embarrassante et qui feignent de contempler le panorama pendant que vous vous escrimez à décoincer une feuille de salade de votre entre-deux-dents. Elle a pensé qu'elle avait été stupide de lui dire l'autre jour qu'elle n'avait pas d'enfants, elle ne pouvait donner aucune justification à ce mensonge, sinon l'inspiration soudaine, un caprice, une affèterie.

Alors elle a dit :

— J'ai été stupide de vous dire l'autre jour que je n'avais pas d'enfants.

Et elle a précisé avant qu'il pût répliquer quoi que ce soit (mais il aurait sans doute laissé un silence s'installer, un silence pendant lequel il aurait soupesé cette réponse et réfléchi pour savoir s'il l'absolvait de son mensonge) :

— Paloma n'a pas disparu. Paloma est majeure. Elle a décidé de ne plus voir son père pour le moment.

Puis elle a baissé les bras.

— Je crois qu'elle déteste ce que nous représentons.

— Et que représentez-vous madame Izarra ? a-t-il demandé avec cette voix si douce qu'elle en était à peine imaginable.

— Appelez-moi Vida.

— C'est difficile, madame Izarra.

— Oh. (Et elle s'est dit, « Mais qu'est-ce qui te prend ma pauvre fille, à quel genre de femme va-t-il penser avoir affaire ? ») Nous représentons la réussite sociale, l'accumulation de biens matériels, je suppose. Elle a l'âge où on imagine que ses parents n'ont pas d'état d'âme et ne sont que des pantins animés par très peu d'intérêt pour le monde.

— Et cela fait combien de temps que vous ne l'avez pas vue ?

— Un an.

— Un an, a-t-il répété, et il était impossible de savoir s'il considérait que c'était une très longue absence ou s'il tentait de se souvenir de ce qu'il faisait lui-même il y avait de cela une année.

— Paloma est partie après une dispute avec son père et depuis nous n'avons plus eu aucunes nouvelles d'elle. Mon mari ne veut plus que l'on prononce son nom à la maison.

Vida a ajouté qu'elle savait que Paloma passait chez eux parfois quand monsieur Izarra et elle-même partaient, que lui bien entendu ne soupçonnait rien et que pour cette raison elle ne s'occupait pas de la maintenance de l'alarme et des caméras avec autant de vigilance qu'il l'aurait souhaité. Cette présence intermittente et clandestine était infiniment rassurante pour une mère, crut-elle bon de préciser.

Ensuite elle a voulu savoir s'il était arrivé quelque chose à Paloma.

— Non non, rien de tel, a dit le lieutenant, il semble que nous l'ayons aperçue dans le coin mais je ne peux pas vous dire grand-chose de plus pour le moment. Savez-vous si elle a un petit ami ?

— Je crois qu'elle est avec ce garçon (et tout cela était dit avec une désinvolture parfaite).

— Quel garçon, madame Izarra ?

— Un garçon d'Irigoy qu'elle a rencontré je ne sais comment (et ce nouveau mensonge glissé dans la conversation était comme un hameçon qu'elle lançait).

— Vous connaissez son nom ?

— Il s'appelle Adolfo. Mais je ne connais pas son nom de famille.

— Gastorozu, peut-être ?

— Comment ça ? (Puis Vida a compris qu'il plaisantait alors elle a ri.) Oui oui Gastorozu, c'est possible.

— Vous l'avez déjà rencontré ?

— Oui une fois ou deux, a-t-elle répondu évasivement.

— Et vous n'avez jamais pensé à faire rechercher votre fille, madame Izarra ?

— Elle est majeure, lieutenant.

— Et alors ?

Et cette question du lieutenant a laissé Vida pantoise, comme si pour elle Paloma n'aurait jamais pu disparaître ni être en danger. Et puis elle a avoué qu'il y avait de cela presque un an elle avait fait paraître une petite annonce dans le supplément culture du *El Nuevo Villanueva*, ainsi que dans la *Gazeta* d'Irigoy pour plus de sûreté et aussi parce qu'elle avait une intuition à propos de Paloma, une intuition qui n'avait pas de raison précise d'exister mais qui existait tout de même, elle avait dans l'idée que Paloma était là-bas, ayant choisi un garçon d'Irigoy alors que tout la menait vers des étudiants en droit ou de jeunes hommes en tenue de skipper, et c'était comme un retour aux origines, n'est-ce pas, donc Vida avait fait paraître une annonce pour que rien ne fût officiel et que Gustavo ne soupçonnât pas qu'elle recherchait leur fille, il était si en colère contre elle, il la trouvait si ingrate (mais ne serait-ce donc pas l'apanage de tous les enfants, l'ingratitude ne serait-elle pas quelque chose de nécessaire, n'est-ce pas, une sorte d'obligation vitale de tous les jeunes gens de vingt ans), et l'annonce s'adressait à Paloma et lui disait de revenir, de rentrer en contact avec Vida, il n'y avait pas écrit Vida, mais la chose était sans équivoque, et elle avait reçu tout un tas de réponses, d'une infirmière de l'asile de Villanueva qui disait que l'une de ses collègues était Paloma et qu'elle répondait maintenant au nom de Chiquita et s'occupait fort mal de son fils de cinq ans, une autre fille avait répondu pour dire qu'elle était bien la personne recherchée et qu'elle allait revenir à la maison, mais qu'elle avait besoin d'argent pour son retour du Libéria, une autre expliquait qu'elle était partie changer de sexe à Hanoï et qu'elle ne rentrerait que si sa mère lui jurait de ne pas l'étrangler, et enfin un dingue avait écrit pour dire que Paloma était morte et qu'on pourrait trouver son corps enseveli dans le silo à maïs d'un modeste exploitant d'Irigoy avec d'ailleurs tout un tas d'autres filles décapitées et de chèvres éviscérées.

Taïbo a digéré ces informations en silence puis il a posé une question qui a surpris Vida, il a demandé :

— Et pourquoi n'a-t-elle pas ouvert le congélateur avec le gibier ?

Cet homme suivait un fil, le fil d'une pelote que Vida percevait avec difficulté.

— Elle est végétarienne, a-t-elle répondu.

Elle a entendu qu'il notait la chose, elle a entendu le bruit du crayon sur la feuille de son carnet, mais que cherchait donc le lieutenant Taïbo ?

— Et vous auriez une photo récente d'elle ?

— Oui, bien entendu.

— J'aimerais la voir. Si cela ne vous dérange pas.

— Non non non, lieutenant, passez quand vous voulez.

— Je vous remercie pour ces renseignements, madame Izarra. Je viendrai dans la journée si j'en ai le loisir.

Il a raccroché et Vida est restée avec le téléphone dans la main sans aucune envie de le reposer, méditant sur les formulations singulières du lieutenant. Un pic noir et rouge la regardait de son œil tout rond derrière la fenêtre de l'entrée. Elle s'est demandé depuis combien de temps il n'avait pas plu.

La mémoire pointillée

La voiture du lieutenant s'est arrêtée dans la rue en contrebas, et il en est sorti sans se presser, chacun de ses mouvements se devant d'être le plus juste possible. Le reconnaître a étrangement rassuré Vida. Taïbo était un homme long et maigre, d'une maigreur de fruit sec – quelque chose à l'aspect vaguement rebutant ou du moins quelque chose qui n'est en rien appétissant mais dont le peu de chair recèle un sucre acidulé. Les joues étaient creuses et les pommettes saillantes, ce type d'homme a le visage hâlé, de mauvaises dents et le regard perçant, c'était un visage et un corps de paysan pauvre, il y avait beaucoup d'hommes ainsi à Irigoy quand Vida était enfant, ils mangeaient comme quatre, abattaient le travail de trois hommes et d'un bœuf, mais ils semblaient raides et cassants comme du verre – leur colonne vertébrale devait être composée d'une matière transparente et fragile.

Taïbo a tiré sur sa cigarette avant de l'envoyer tournoyer vers le soleil couchant, et son geste était élégant, Vida avait toujours été sensible à la façon dont les hommes fument (surtout quand ils laissent leur cigarette se consumer au coin de leurs lèvres et ferment un œil pour ne pas être embarrassés). Un homme pouvait lui paraître attirant simplement parce qu'il fumait ou buvait à outrance : c'était comme s'il proclamait qu'il avait un solide patrimoine génétique, qu'il n'avait rien d'un être souffreteux et qu'il pouvait prendre des risques inconsidérés avec une santé qu'il avait de fer. Quand Vida énonçait ce genre de spéculation devant Gustavo, il soulevait les sourcils, mollement inamical, ou alors il la regardait d'un air désolé, « Tu dis vraiment n'importe quoi », soupirait-il.

Taïbo a sonné à l'interphone. Vida a vérifié son visage dans le miroir à côté de l'évier, elle a eu l'impression de ressembler à une vieille femme bouffie, elle a arrangé ses cheveux, tenté de leur redonner du gonflant, essuyé un peu de mascara sous son œil gauche (elle avait pleuré ?), elle portait cette robe de chambre blanche qu'elle aimait beaucoup, ce n'était pas réellement une robe de chambre, mais une sorte de longue veste ceinturée qu'elle passait sur ses habits ou sa chemise de nuit. L'enfiler signifiait que Vida ne voulait plus sortir de la maison. Ou que la climatisation de Gustavo n'était pas parfaitement réglée.

Vida est allée ouvrir au lieutenant, elle a fait un pas en arrière pour ne pas qu'il vît son visage de vieille femme dans la lumière du couchant ; le trouble dans lequel elle était l'a affolée. Pourquoi trouvait-elle sa démarche *virile* ? Elle pouvait trouver le crépi d'une maison *viril* ou une cuisinière chromée *virile* mais la démarche d'un policier en uniforme qui remonte l'allée d'agaves jusqu'à elle, n'était-elle donc pas à l'abri de tels clichés ?

Ses hormones lui jouaient des tours. Ça l'a rendue triste.

Il a dit, « J'espère que je ne vous dérange pas, madame Izarra, je jette juste un coup d'œil à la photo et je repars ».

Ses yeux la fuyaient, comme si son visage le gênait, ou comme s'il s'intéressait à ses mains, et Vida a imaginé l'endroit où il devait habiter et sa femme et puis ses enfants (il devait en avoir deux, deux garçons qui jouaient avec des pistolets en plastique, deux garçons qui se jalousaient et dont les relations étaient basées sur le calcul précis du nombre de boulettes d'agneau dans l'assiette de l'autre). Vida a soupiré et elle l'a fait entrer dans sa maison qui s'effondrait somptueusement.

Quand il s'est assis dans le salon sur un bout du fauteuil de Gustavo, il a réussi à regarder Vida mais il avait les yeux fixés sur son front. Elle y a mis la main, de peur que ne s'y trouvât un insecte ou une goutte de sang (mais, grands dieux, d'où lui venait cette idée d'une goutte de sang qui dégoulinerait du haut de son crâne).

Si l'on excluait ses belles mains calmes posées sur ses cuisses, des mains à la fois osseuses et charnelles, d'une beauté patiente, comme celles de quelqu'un qui aurait l'habitude de s'occuper des bêtes, de flatter le col d'un cheval et de rassurer, il avait l'air mal à l'aise. On aurait dit qu'il attendait le paiement de son salaire, il était le jardinier et il attendait qu'elle lui donnât le traitement qui lui revenait.

Vida lui a proposé un café ou une citronnade mais il a refusé. Elle est allée lui chercher la photo de Paloma. Quand elle est revenue il était toujours à la même place (strictement dans la même position). L'immobilité de cet homme évoquait une immobilité de chasseur.

Elle lui a montré la photo. C'était une photo de Paloma qui datait de son entrée à l'université juste avant qu'elle abandonnât ses études, elle était assise en tailleur sur une pelouse aussi verte et drue qu'un green de golf, elle portait une tunique d'Indienne avec des broderies qui figuraient de minuscules bonnes femmes cultivant un champ et elle riait sur cette photo, ses longs cheveux blonds étaient nattés et son visage était candidement lisible et surpris, on pouvait imaginer que le photographe venait de lui apprendre une nouvelle fort amusante ou qu'elle avait remarqué à l'instant son appareil braqué sur elle. Mère et fille se ressemblaient beaucoup. C'en était si frappant : ne s'agissait-il pas d'une photo de la mère avec quelques années de moins ? Elles avaient les mêmes yeux et la même bouche et les mêmes pommettes qui paraissaient artificielles.

Il a demandé s'il pouvait garder la photo et en faire faire un double. Il n'en avait pas vraiment besoin. Pas dans l'immédiat en tout cas. Mais c'était tout à coup impossible de quitter la maison sans emporter quelque chose de cette femme.

Puis il a dit :

— Et donc vous venez d'Irigoy ?

Vida a craint qu'il ne lui annonçât qu'il venait de là-bas lui aussi, elle n'a su que répondre, elle a acquiescé d'un geste du poignet comme pour minimiser l'affaire, mais comment minimiser le fait d'habiter ici et d'être originaire de cet endroit sauvage, et comment expliquer en deux mots au lieutenant la manière dont Gustavo l'avait sortie de cette ville au milieu du désert, évoquer la grand-mère dure comme un granit, le père joueur de luth et si souvent absent, le mariage à paillettes, l'élégance de Gustavo, et sa sincérité fougueuse prête à se mésallier, la façon dont il lui avait dit qu'elle était la plus jolie fille qu'il avait connue et qu'il désirait plus que tout au monde la rendre heureuse, le fait qu'elle n'avait pu résister à ce discours et qu'elle s'était liée pour la vie à ce bel homme.

Vida n'a pas su répondre au lieutenant et Taïbo n'a pas insisté, si emprunté soudainement qu'il n'a pu que se lever afin de prendre congé. Il est parti et Vida a attendu qu'il descendît l'allée d'agaves, elle lui a même fait un signe quand il est monté dans sa voiture, qu'aurait dit Gustavo s'il l'avait vue sourire et minauder devant ce lieutenant de police, il l'aurait prise pour une folle ou une pauvre femme en perdition (et Vida elle-même ne parvenait pas à comprendre pourquoi elle se comportait ainsi avec ce policier qui n'était avec elle que d'une courtoisie pleine de réserve – mais justement cette retenue était rassurante et presque engageante).

Elle a refermé la porte.

Finalement Paloma était revenue à la maison. Il semblerait que ça ne la dérangeait plus tant que ça que les fenêtres ne s'ouvrent pas.

Gustavo ce soir-là ne rentrerait pas. Il était parti en séminaire avec son équipe de représentants en instruments médicaux ou alors il préparait une future révolution avec des vendeurs d'armes, allez savoir, en Amérique latine, les patrons d'entreprise d'instruments médicaux peuvent tout à fait s'adonner à des activités aussi réjouissantes. De toute manière, et quelles que fussent les occupations de Gustavo, Vida était très heureuse de passer la nuit seule dans sa grande maison qui se fissurait. Il y avait une époque où elle appelait son mari vingt fois quand il était absent, elle se sentait si seule et si vulnérable dans cette maison, elle dormait avec un couteau, d'ailleurs elle ne dormait pas vraiment, et puis elle n'arrivait pas à sortir de la maison, elle craignait que les pluies ne fussent acides ou le soleil assassin, plus assassin encore qu'à Irigoy, à cause de la finesse de l'ozone et des nuages de pollution qui réfractaient la lumière comme du verre, tout lui faisait peur, et Gustavo la rassurait, être mariée à un homme comme Gustavo la rassurait, il avait l'air si à l'aise avec les contingences matérielles, si en phase avec le réel, que c'était un soulagement d'être l'épouse d'un tel homme. Évidemment elle lui téléphonait trop souvent, pour un rien parfois, juste pour lui dire que le poisson rouge n'allait pas bien, qu'il devenait frénétique et faisait le tour de son aquarium comme s'il cherchait une issue. Mais maintenant tout cela était terminé, Vida était heureuse d'être seule, et elle dormirait dans la chambre de Paloma, dans tout ce bleu ciel, avec la dentelle des rideaux, une dentelle qu'elle n'avait jamais trouvée du meilleur goût mais qui avait tant plu à Paloma, quand elle était enfant, que Vida avait accédé à son souhait, on aurait dit des cascades de sucre, des robes de mariée accrochées aux fenêtres, et ça rappelait à Vida le poulet aux épices de sa grand-mère, allez savoir pourquoi, sa vilaine grand-mère qui faisait ce merveilleux poulet aux épices, c'était dû au tablier de la grand-mère peut-être, blanc lui aussi, avec sa dentelle extravagante, sa grand-mère qui pourtant n'était jamais extravagante et qui portait ce tablier dangereux (un tablier blanc pour faire du poulet aux épices, n'était-ce donc pas risqué ?), Vida est montée dans la chambre de Paloma et s'est glissée dans son lit.

Le poulet de sa grand-mère avait un arrière-goût de tourbe.

Et c'était un tel plaisir d'être dans les draps de Paloma, ils sentaient encore l'odeur de Paloma, ce n'était pas vraiment possible, mais Vida en avait l'illusion, elle a regardé la lumière des réverbères par la fenêtre, la lumière qui créait des mouvements aquatiques sur le plafond et elle s'est dit que c'était ce que Paloma voyait quand elle était dans ce lit, c'était ce qu'elle voyait avant de rencontrer Adolfo et de décider que plus rien de tout cela n'était pour elle, elle voyait l'ombre des arbres sur le plafond de sa chambre, et cette ombre bougeait patiemment, comme au ralenti.

Peut-être sa grand-mère cuisinait-elle son poulet avec de l'alcool de sauge ?

Vida a contemplé la photo sur la table de nuit, celle qui était à côté du réveil transparent (dont on voyait les entrailles horlogères osciller régulièrement dans la pénombre). Elle a aperçu dans le cadre le visage de Paloma collé à celui de sa meilleure amie, Chili. Elles grimaçaient comme les gamines le font quand elles sont à deux sur une photo. Chili était sans cheveux et sans sourcils. Cette photo datait de quelques mois avant sa mort. Vida s'est souvenue qu'à ce moment-là Chili ne mangeait déjà plus que de l'argile verte selon les derniers préceptes du gourou de sa mère et dormait avec des feuilles de chou bouilli sur le crâne pour enrayer la progression de la maladie. Vida a fixé les yeux de Chili puis ceux de Paloma et toutes les deux l'ont regardée dans les ténèbres.

Il y avait du potiron ou quelque chose du même genre, quelque chose d'orange et d'un peu doucereux, qui accompagnait le poulet de sa grand-mère.

Elle a perçu le bruit du dattier qui grinçait dans le noir. Elle a détourné le visage. Elle a entendu les bruits qu'entendait Paloma. Elle s'est endormie tranquillement dans les draps de sa fille.

Qui aurait la recette du poulet aux épices de sa vilaine grand-mère ?

Mon cœur en sautoir

Se souvenir toujours de son petit corps, de sa grâce, de la texture de sa peau, de son haleine, de son odeur, de sa voix, emmêlées l'une dans l'autre, la moiteur de son cou, la finesse de ses bras, le délié parfait de chacun de ses muscles minuscules et sublimes, comment graver ses gestes dans le souvenir, comment être sûre de ne jamais rien oublier de tout cela, de pouvoir s'en servir et le réactiver quand elle serait seule et vieille, puiser dans son trésor de souvenirs et d'images, la peau bronzée de Paloma, son grain un peu sec et salé, la connaissance que Vida en avait, qui semblait être quelque chose de tangible et d'éternel, mais cette connaissance même n'existait que le temps que la chose connue existât, ses cheveux désordonnés et longs qui lui donnaient l'allure d'une sauvageonne, sa blondeur iodée d'enfant, la pulpe de ses lèvres, l'immensité de ses yeux (qui paraissaient à une autre échelle que les autres éléments de son visage), l'arc de ses sourcils noirs et fatals (des sourcils de femme). Vida voulait prendre la totalité de ces fragments parfaits et en faire un trésor réellement inaltérable. Et quand elles étaient ensemble elle savait que c'était impossible et cette impossibilité la plongeait dans un désespoir infini. Elle avait l'impression que sa beauté, sa tendre enfance lui échappaient déjà. Qu'elles s'en allaient en particules dans l'air, comme des filaments de sa perfection.

Elle se disait, « Il faut que je la photographie, que je l'enregistre », mais toutes ces opérations étaient vaines et elle échouait à conserver la douceur éphémère de cette fusion de leurs deux corps allongés dans une chambre estivale, l'une à côté de l'autre, les bras de la petite autour de son cou et les lèvres de la petite sur ses paupières. Elle savait ce qui la faisait rire alors elle la faisait rire et ce rire d'enfant, ce rire qui s'en allait déjà à toute vitesse, lui piétinait le cœur.

Ce que Taïbo sait d'Irigoy

Taïbo a appelé son homologue à Irigoy.

Irigoy était un sale endroit. Le village se situait à cinquante-huit kilomètres à vol d'oiseau de Villanueva. En voiture on pouvait mettre quatre heures pour y aller à cause de la zone industrielle qui était invariablement saturée à l'époque où les usines et les conserveries n'avaient pas toutes fermé. Il y avait bien une route qui contournait la zone industrielle mais elle était si dangereuse qu'on évitait de l'emprunter. Elle était dangereuse pour deux raisons : d'abord parce que les immenses catalpas qui la bordaient avaient soulevé le bitume et se penchaient beaucoup trop au-dessus de vos têtes – vous aviez l'impression de rouler sous une voûte de branches entrecroisées et la régularité des arbres vous hypnotisait et déjouait votre vigilance (il y avait peut-être une cause plus pragmatique à la dangerosité des catalpas : les arbres étaient si près de l'asphalte que si vous quittiez des yeux la route une microseconde vous étiez morts). Et ensuite parce que les environs de cette route étaient infestés de fermes où se pratiquaient toutes sortes d'activités illicites, prostitution, tournages de snuff movies, viols en réunion, trafic de drogues, et que les personnes qui s'adonnaient à ce type de distractions n'hésitaient pas à monter des guets-apens pour vous dépouiller (par exemple, en lançant sur vous à toute vitesse une voiture déglinguée, en faisant dégringoler depuis le faîte des catalpas toutes sortes d'objets incongrus qui écrabouillaient votre voiture – des pales d'hélicoptères, des pneus cimentés).

Entre Irigoy et Villanueva il n'y avait presque rien. Du sable, du guano quand on se rapprochait de la côte, un golf au milieu du désert (qui datait de l'époque où le guano rapportait encore des sommes à huit chiffres), des cratères de météorites et des fermes de bandits.

Le lieutenant Taïbo s'est souvenu que, lorsqu'il était enfant, on appelait Irigoy la ville des chiens. On disait qu'au XVIᵉ siècle cette région hostile et désertique coincée entre les montagnes n'était habitée que par des chiens sauvages et quelques Indiens. On disait que les Indiens copulaient avec les chiens et que les bestioles qui étaient nées de leurs amours déviantes vivaient dans des grottes vers le nord. Il y avait eu, racontait-on, une vraie communauté d'hommes chiens. On ajoutait même, pour rendre crédible toute cette histoire, pour convaincre un interlocuteur récalcitrant et pour le plaisir de relater des légendes (et qu'aurait donc été la ville d'Irigoy sans ces légendes, rien d'autre qu'un bout du monde au milieu des montagnes, sans intérêt, sans nom, il aurait fallu lui inventer des particularités, des accointances avec les extraterrestres ou attribuer des vertus de jouvence à son alcool de cactus et elle aurait fini par devenir une petite ville tranquille et prospère avec terrain militaire et caserne flambant neuve), on ajoutait même que quantité de peintures d'humains à tête de chien avaient été retrouvées sur les murs de ces grottes.

Il y avait eu une tentative pour construire un chemin de fer, on avait fait venir des bagnards, et ensuite s'étaient fixées une colonie basque et une autre mennonite ; à la fin du XIXe siècle on avait cru découvrir des diamants dans l'une des grottes, alors des types en rupture de ban, des filles mélancoliques et vérolées étaient venus jeter un œil et n'étaient pas repartis, ils s'étaient accommodés des Indiens et des chiens et avaient créé la ville d'Irigoy. Irigoy était resté longtemps une ville sans loi. Les *guérilleros* s'y installaient, prenaient leurs marques dans les montagnes environnantes, négociaient des accords avec les successifs ministres de l'Intérieur, montraient les dents en exhibant leurs M-16 et se faisaient trucider par la police d'État. Le gouvernement, en 1990, avait rétabli la justice communautaire des Indiens, ce qui était bien entendu une belle idée, vu que l'autre justice laissait à désirer dans ce genre de *pampa* et qu'il fallait réhabiliter ceux qui avaient été floués. Mais dans un endroit comme Irigoy les choses s'étaient emballées dans l'enthousiasme général et la nouvelle justice avait essentiellement donné lieu à des lynchages de voleurs et des tortures publiques. Certains reportages télévisés les diffusaient pour illustrer la violence de ces contrées et les échecs du gouvernement. Les intellectuels du pays en discutaient sur les ondes avant d'être gentiment priés de s'exiler. Tout le monde s'interrogeait sur ce qu'il convenait dorénavant de faire de ces provinces mal civilisées.

Dire que vous veniez d'Irigoy équivalait à dire que vous veniez d'un territoire qui ressemblait à la banlieue du monde, un terrain vague entre deux échangeurs au milieu de rien. Le strapontin du monde.

L'homologue de Taïbo à Irigoy s'appelait Vargas. Il était d'une bonne volonté suspecte (suspecte parce que Taïbo avait dans l'idée qu'être flic à Irigoy n'était pas une mince affaire et que le Vargas en question devait avoir bien d'autres chats à fouetter que de répondre aux questions d'un lieutenant de Villanueva). Mais il aurait été idiot de penser que tout un chacun réagit à l'identique et qu'y avait-il de si étrange à ce que Vargas ne raccrochât pas brutalement quand Taïbo lui demanda s'il avait dans sa paroisse (Taïbo disait « paroisse », et quand il disait « paroisse », c'est qu'il voyait les flics comme des abbés) un garçon du nom d'Adolfo. Et l'autre sans doute a ressenti l'intense plaisir de n'être plus négligeable quantité et a dû se rencogner dans son fauteuil en ronronnant puisqu'un Adolfo, en effet, il avait.

Il avait plus précisément un Adolfo Orezza.

Ou du moins il avait eu car il n'avait plus.

Taïbo a voulu des détails et le Vargas s'est complu à raconter que la famille n'était guère recommandable, que le père élevait des chiens dans une ferme à quelques kilomètres de la ville, qu'on le voyait peu à Irigoy parce qu'il était siphonné et préférait vivre reclus, qu'il n'y avait point de mère vu qu'elle s'était carapatée depuis belle lurette et que les deux fils n'étaient plus

70

dans les parages. L'aîné, Adolfo, avait déguerpi deux ou trois ans auparavant, il avait dû rejoindre, croyait Vargas, les excités qui vivaient dans les montagnes (Vargas disait « excités » pour ne pas dire « rebelles » et pourquoi y avait-il encore des rebelles aux alentours d'Irigoy, sans doute par tradition ou par manque d'imagination). Le cadet était parti bien après son frère, c'était lui qui en général venait en ville, pour vendre les chiens et approvisionner le père en produits de première nécessité. Mais on ne l'avait pas vu depuis un moment. Vargas a précisé qu'Adolfo avait été, pour ce qu'il en savait, un garçon taciturne et bagarreur. Il était devenu un jeune homme violent, d'une violence qui se tournait vers tous ceux qui pensaient pouvoir terroriser leur prochain ou qui cautionnaient et impunissaient ce genre de comportement. Le sang de ce garçon ne faisait qu'un tour, a dit Vargas, et ce tour se faisait à une vitesse effrayante – probablement, a expliqué Vargas qui se voulait psychologue, parce qu'Adolfo avait été une ancienne victime de son père et que les despotes toujours le révulsaient, surtout les petits, les domestiques, ceux qu'on pourrait presque excuser ou moquer.

Quand Vargas a parlé du père comme de « leur vieux tourmenteur » puis de « la vieille charogne », Taïbo a considéré qu'il serait bon d'aller jeter un œil dans ces contrées. Il s'est senti comme une fraternité – quelque chose qui avait à voir avec son propre père, représentant en liquide de refroidissement dans la région de Fresan, tyran minable qui s'absentait pendant des semaines, revenait pour faire un nouvel enfant à sa femme (elle disait toujours, « Il vaut mieux un de plus qu'un de moins »), buvait tant et si bien qu'il confondait ses enfants les uns avec les autres, garçons et filles, et prenait sa femme pour sa mère.

Au moment où il a raccroché, Taïbo s'est rendu compte que la seule personne qu'il eût envie d'emmener avec lui pour l'accompagner à Irigoy, c'était madame Vida Gastorozu Izarra.

La petite fille embaumée

Vida s'est assise sur le banc dans la roseraie afin de compter le nombre d'années qu'elle avait passées avec Gustavo puis le nombre de jours puis de minutes, elle a transformé tout ça en pourcentages de la vie qu'elle avait vécue et de celle qu'elle allait vivre encore.

Vida a quarante-trois ans. Et pour une raison inexplicable, au vu du bon état général de ses artères et de chacun de ses organes, de l'élasticité encore intacte de sa peau, de la chair de ses bras qui ne pend pas quand elle tente d'attraper quelque chose sur une étagère, malgré tous ces signes qui lui disent que le temps n'est pas encore venu de refermer sa porte, Vida se sent infiniment vieille. Elle se surprend à se demander pourquoi elle a accepté d'offrir sa vie entière à Gustavo, comment les humains en arrivent à ce genre d'arrangement. Gustavo croit en Dieu, ce qui lui facilite la vie, elle, elle a fait tout ce qu'elle pouvait et elle a fini par abandonner, par considérer que c'était un organe – la foi – qu'elle n'avait pas et n'aurait jamais, quels que soient son assiduité à la messe et ses entretiens nocturnes et entêtés avec Dieu. Le silence de Dieu n'a apparemment qu'une seule explication. Et elle envie ceux qui partent en pèlerinage, ceux qui ne doutent pas et qui ne sont en aucun cas obligés de faire semblant. Quand elle était enfant, elle allait à l'église chaque jour pendant une demi-heure et cette demi-heure était une demi-heure cadeau, une demi-heure rêverie, une demi-heure juste pour elle, elle disait à sa grand-mère, « Je vais à l'église », et personne jamais n'y trouvait ou n'aurait pu y trouver à redire. Malgré cette assiduité, la nuit lui paraissait toujours aussi terrifiante et menaçante, les ombres ne reprenaient des contours familiers qu'aux premières lueurs du jour. Elle a pensé longtemps que la présence de Gustavo, cet homme qui ne doute pas, l'avait aidée à ne plus avoir peur du noir.

Quand Paloma est partie et que son nom n'a plus pu être prononcé dans la maison, Vida a compris comment Gustavo s'accommodait des contraintes du réel et des contradictions de l'irréel. Il les fourrait dans une boîte hermétiquement close. Et si nécessaire il s'asseyait sur le couvercle de la boîte.

Pendant ce temps, elle a commencé à cultiver les souvenirs de Paloma comme elle aurait pu s'occuper discrètement d'une fleur fragile au fond du jardin, une fleur dont elle aurait pris soin mais dont elle n'aurait parlé à personne parce que d'aucuns auraient cru que son suc était du poison ou bien qu'elle deviendrait envahissante si Vida lui donnait la possibilité de croître et de prospérer.

Quand elle a attendu Paloma elle avait déjà fait deux fausses couches. De sorte que chaque jour passé était une victoire sur le sang et les entrailles. Gustavo avait très peur qu'elle perdît encore un bébé, elle ne savait pas s'il avait peur de ne pas avoir du tout d'enfant ou alors de ce qu'il adviendrait d'elle si elle faisait une troisième fausse couche. « Fausse couche » était d'ailleurs un mot qu'il n'utilisait pas, c'était un mot intime qui évoquait les substances privées du corps et les endroits sombres aux odeurs embarrassantes, et il était doublé de quelque chose de tragique et glaçant. Cela dit Gustavo n'aurait pas non plus réussi à prononcer les mots « ménopause » ou « gynécologue » – hors de l'hôpital bien entendu où ces mots recouvraient des notions techniques et objectives rassurantes.

Il disait, « J'espère qu'il ne va pas encore t'arriver *ce truc* ».

Et parfois même il disait, « Si j'avais su que ce serait si difficile pour toi, je ne t'aurais jamais mis cette idée en tête ».

Et cette phrase qu'il répétait était étrange à plusieurs titres : elle était culpabilisante bien sûr et elle excluait Vida de la décision d'avoir un enfant. Elle devait correspondre à la représentation que Gustavo avait de sa femme : il l'avait fabriquée et imaginait lui insuffler chacune de ses impulsions de vie.

Il disait, « Si c'est comme ça nous n'en aurons pas ».

Mais pourquoi donc prenait-elle ses remarques comme des menaces ou des punitions alors qu'il ne se voulait sans doute qu'apaisant.

Il a tenu à ce qu'elle restât allongée pendant la majorité du temps de sa grossesse. Quand il n'était pas là, quand il n'y avait personne à la maison, qu'Arantxa était sortie faire les courses ou partie converser avec la bonne des voisins à travers le grillage du jardin, Vida se levait et descendait l'escalier. La maison était toute neuve. Elle diffusait encore cette odeur de peinture et de plâtre et de nouveauté qui ressemble à un déménagement. Vida allait à la cuisine manger – Gustavo avait consulté des diététiciens à l'hôpital et lui faisait suivre un régime alimentaire très strict composé de produits laitiers, de fruits et de viande rouge. Elle, ce qui lui faisait envie, c'était du chocolat et des calamars à l'huile. Elle fouillait dans les placards, trouvait une boîte et la mangeait avec les doigts devant la baie vitrée. Son ventre grossissait et c'était si saugrenu pour elle, elle avait l'impression que quelque chose arrivait à son corps, quelque chose qui lui était étranger, n'avait aucun rapport avec elle et était impossible à contrôler. Le fait de ne pas pouvoir deviner si elle abritait un garçon ou une fille lui apparaissait mystérieux et inquiétant. Que se passait-il dans cette région centrale de son corps ? C'est peut-être à ce moment-là qu'elle a commencé à penser qu'elle pourrait un jour avoir un cancer et ne rien en savoir, qu'il se logerait dans son cerveau ou son sein et que rien ne l'avertirait de sa présence. Son corps n'était pas son territoire. C'est une chose qu'elle a essayé d'expliquer un jour à Paloma mais ses élucubrations ont donné la nausée à sa fille – Vida avait été assez maladroite pour le lui dire le jour où celle-ci avait appris que sa meilleure amie avait une leucémie.

De cette attente, Vida se souvient du plaisir qu'elle avait à rester debout dans le salon à regarder le ciel matinal d'un bleu très clair, un bleu lavé effiloché avec quelques nuages qui s'étiraient en lambeaux inoffensifs – ce bleu s'est toujours pour elle apparenté à Paloma, elle lui a à l'époque tricoté une couverture bleue (une touche d'un bleu paisible dans une noyade de blanc) et elle a fait peindre sa chambre dans cette teinte qui lui semblait si délicate. Quand elle avait été en âge de nommer sa couleur préférée, Paloma avait décrété que c'était le rouge.

Paloma est née à l'hôpital de Villanueva. Elle était si minuscule et si chauve que tout le monde s'exclamait dès l'abord, « Oh mais elle n'a vraiment pas de cheveux ». C'était comme un sésame, une phrase magique que personne ne pouvait s'empêcher de prononcer. Et Vida s'étonnait que ce qui eût paru normal à tout un chacun aurait été que Paloma naquît coiffée et donc qu'elle-même ait eu des cheveux dans le ventre. Dans ces contrées les enfants naissent chevelus (d'ailleurs on les rase aussitôt mais il demeure un récalcitrant duvet noir), velus et noirauds, alors que Paloma était une créature à la peau si transparente que l'on pouvait suivre le trajet de son sang dans ses veines bleues. Vida observait sa lente gesticulation d'animal aquatique, Paloma lui évoquait ces fleurs dont on filme l'éclosion en accéléré, elles s'ouvrent par d'imperceptibles mouvements saccadés et désordonnés et tremblent dans la lumière.

Vida chantait pour Paloma. Elle chantait toute la journée. Elle mettait de la musique sur la chaîne hi-fi de Gustavo et berçait Paloma en chantant. Celle-ci croyait évidemment que Vida elle-même était le violon qu'elle entendait.

Comment aurait-il pu en être autrement. Elle prenait sa mère pour un quatuor à cordes.

Il y a eu cette courte période où elle ne savait pas sourire. Vida s'occupait d'elle ; elle massait la plante moelleuse de ses minuscules pieds et Paloma la fixait intensément et Vida savait que c'était comme si elle avait ri aux éclat. Simplement elle ne savait pas encore rire. C'était une sorte de sourire intérieur. Paloma, si elle riait invisiblement, pleurait aussi beaucoup, elle réclamait mille caresses, gesticulant, miaulant, scrutant sa mère, mimant l'étouffement, convulsant, exigeant, et vrillant son regard à celui de Vida. Elle paraissait convaincue que sa faculté à capter l'attention de sa mère était garante de sa sécurité et de sa survie.

Quand elle pense à Paloma, l'immédiate image qui vient à l'esprit de Vida est celle de son regard si grave de nouveau-née. C'était comme si les choses s'étaient arrêtées avec ce regard d'enfant sérieux.

Qu'a donc fait Vida de Paloma fillette ? Où a-t-elle remisé l'adolescente aux cheveux blonds ? Et Paloma jeune fille, où se cache-t-elle ?

Mon bonheur privé

Paloma fut dès le début une fillette exigeante et intranquille, exprimant avec éclat ses désappointements et ses inconforts. Ce qui remplissait Vida d'une surprenante satisfaction (sans doute parce qu'elle avait toujours été incapable d'avouer la moindre de ses déceptions et que voir sa fille emprunter un autre chemin que le sien était rassurant – et cela, pour une raison à l'époque qu'elle n'élucidait pas et ne désirait en rien élucider (ne subissant pas encore ses séances hebdomadaires chez le docteur Kuckart et ne discutant avec Gustavo que de sujets sans danger) ; sa vie lui paraissait encore en tout point convenable et suffisante). Cette enfant ne lui ressemblerait pas (même si ses yeux, sa bouche et l'arc de ses sourcils avaient été calqués sur les siens et même si ses muscles s'agençaient sur ses os de la même façon que dans son propre corps). Cette petite fille ce serait elle en mieux – cette évidence la ravissait, c'était une évidence secrète qui lui faisait l'admirer chaque jour, la solliciter dès le réveil, la contempler dans son sommeil et s'émerveiller de la perfection de son tout menu corps, de ses minuscules membres et organes qui avaient les mêmes fonctions que

79

les siens, ses ongles, son nez, sa langue, si magnifiques, si infimes, si efficaces.

Gustavo disait de Paloma qu'elle avait du caractère.

Vida disait, « Oui mais regarde comme elle est affectueuse ».

(Pourquoi donc l'idée d'avoir du caractère lui semblait-elle antinomique avec le fait de montrer sa tendresse à ses parents ?)

Paloma était en effet une enfant très démonstrative capable de passer en quelques minutes de la fureur la plus impressionnante à la plus câline des inclinations. Elle pouvait pleurer, rire, se mettre en colère, tout cela dans un laps de temps si court que c'était comme si la durée des événements pour elle n'était pas la même que pour les adultes.

Vida avait parfois l'impression d'assister à une dépression en accéléré.

Quand elle mit Paloma à l'école elle se sentit intensément soulagée à l'idée de ne plus être seule à devoir s'occuper d'elle, à ne plus être l'unique responsable du confort et de la sécurité quotidienne de cette enfant. Son anxiété revenait à chaque période de vacances quand elles allaient ensemble à la plage ; l'emmener dans la voiture était déjà un moment délicat, Vida était d'une prudence de Comanche, et quant à regarder Paloma s'ébattre dans les vagues c'était pour elle un enfer. Lui venaient à l'esprit quantité d'images plus terrifiantes les unes que les autres – la noyade étant l'une des moindres, comparée à l'énorme squale qu'elle visualisait si facilement surgissant des flots et emportant dans sa mâchoire sa princesse. Elle faisait des signes à

Paloma depuis la plage, elle se baignait parfois avec elle, mais elle n'avait jamais été à l'aise dans l'eau (à Irigoy personne ne savait nager, ce savoir-faire si superflu aurait été considéré comme une anomalie suspecte), alors elle restait en général sur la rive, les chevilles dans l'écume, chemisier blanc et chapeau de paille, scrutant l'horizon pour ne pas louper le moindre aileron qui aurait point.

À l'âge de huit ans Paloma cessa d'appeler ses parents papa et maman. Ils ne furent plus que Vida et Gustavo. Gustavo aborda cela comme une lubie et joua le jeu de la petite mais, ce caprice s'éternisant, il en prit ombrage et lui expliqua qu'on n'appelait pas ses parents ainsi, elle s'entêta, il ne répondait plus quand elle l'appelait par son prénom, elle ne fléchit pas, il l'appela Juanita pour la vexer, mais elle ne répondait pas non plus et passait devant lui avec une indifférence de reine ; ne plus parler à son père ne semblait en rien la déranger.

Le plus troublant pour Vida se situait au moment où Paloma s'installait dans la cuisine avec elle et Arantxa pour préparer le dîner. Paloma aimait contribuer à l'élaboration des plats et se hissait sur une demi-douzaine de coussins qu'elle installait sur l'une des chaises, elle participait à leur conversation, parlant de son père en l'appelant Gustavo, ce qui donnait l'impression qu'une amie était dans la cuisine ou bien une voisine ou quelqu'un de la famille de Gustavo qui en aurait su beaucoup sur lui et aurait pu leur en remontrer.

Le matin après que Gustavo était parti au travail, Paloma venait dans leur lit, câlinait sa mère et lui déclarait sa flamme, « Je t'aime comme l'escargot aime la pluie et le serpent les souris blanches », elles riaient et répétaient inlassablement qu'elles étaient merveilleusement bien ensemble. Puis Paloma sautait du lit, s'attifait, et commençait sa journée d'aventurière, laissant sa mère là, encore tout ensommeillée de ses caresses de fillette.

« Quelle étrange petite personne », se disait fréquemment Vida. Mais au fond sa connaissance des enfants était si parcellaire et d'un usage si courtois (d'une politesse si indifférente) qu'elle était incapable de juger avec assurance des particularités de sa fille.

Et tout comme la vue de ce qui est proche altère le lointain, la vie de Paloma qui l'occupait si intensément l'isola un peu plus encore que son goût personnel ne l'aurait inclinée à le faire. Les événements du monde, la politique lui semblèrent incompréhensibles et insensés tout le temps de l'enfance de sa fille, ou alors il lui fallait les rapporter à quelque chose qui touchait Paloma. Elle pouvait dire, par exemple, que Nadia Comaneci lui avait coupé le souffle aux jeux Olympiques de Montréal le jour où Paloma avait eu sa première dent, que le visage de la fillette ensevelie pendant le tremblement de terre de Mexico était apparu pour elle le jour où elle avait perdu Paloma sur la plage, que le ministre de l'Intérieur qui siégeait dans la capitale à deux cents kilomètres de Villanueva avait été assassiné la semaine où Paloma était entrée à l'école ou bien que la fusion du réacteur de la centrale Lénine à Tchernobyl était survenue le jour de ses dix ans.

Le bonheur privé ordonnait et conférait du sens à sa vie, Paloma était son seul système de repères et sa balise, elle se rendait compte du danger de cette unique lorgnette, et elle en ressentait une étrange douleur amoureuse (une sorte de chagrin qui oppresse la poitrine, mais un chagrin délicieux parce que exclusif, un chagrin qui vous dit combien vous êtes vivante et combien ce que vous aimez vous est précieux), elle savait bien que les dés étaient pipés, et que, quel que soit son comportement, elle aimerait toujours plus sa fille que celle-ci ne l'aimait.

Le très vieux père

Le lieutenant Taïbo ne prévient pas toujours avant de passer. Il vient d'un endroit où les gens n'ont pas le téléphone et ce genre d'automatisme se perd difficilement. Il préfère se déplacer, c'est ce qu'il dit d'ailleurs quand quelqu'un s'étonne de le voir perdre autant de temps à faire des trajets inutiles, « Je préfère me déplacer » (lorsqu'il prononce ces mots il le fait avec ce qu'on nomme communément un ton *sans appel*, personne ne doit avoir envie de le contredire, et on doit même penser que ce n'est pas une si mauvaise idée, ne jamais prévenir de sa venue, ça permet de prendre les gens au débotté, ils sont déstabilisés ou agacés par cette intrusion, ils sont mal habillés, démunis ou perplexes). Traverser la ville pour rien lui paraît plus simple, ça lui demande un bien moindre effort que de composer un numéro sur son téléphone et de parler à quelqu'un qu'il ne voit pas. Il sonne à la porte de chez les gens, goûtant le moment où il ne sait pas si on lui ouvrira, fumant la fin de sa cigarette avant de la jeter dans le caniveau, et regardant le ciel, il est calme, cet homme semble toujours très calme.

Taïbo est un homme qui s'est installé dans sa propre vie en colmatant les brèches. Il a essayé d'en faire quelque chose d'à peu près confortable après le départ de Teresa. Son chagrin d'amour se rappelle à lui cycliquement. C'est une douleur saisonnière. Taïbo s'accommode de ce retour annuel. Il s'étonne d'être encore si sensible. Il se demande, « Quand donc mon amour pour Teresa se sera-t-il entièrement consumé ? Quand donc n'en restera-t-il qu'un misérable tas de cendre ? Il n'y aura plus qu'à souffler dessus, ou mieux encore, le vent s'en chargera et les cendres s'envoleront et il ne subsistera que la trace d'un vieux feu ».

Quand il sonne chez Vida elle est toute seule, sur la terrasse à l'arrière de la maison, et elle écrit une lettre à son père. Le père de Vida ne l'a pas élevée parce qu'il était joueur de luth – un instrument traditionnel d'Irigoy. Et même, quand il était très jeune, avant qu'il ne se marie, avant que sa femme ne meure en couches, avant qu'il ne laisse sa fille à la charge de sa propre mère – la vilaine grand-mère –, il était parti à l'étranger une fois ou deux pour jouer avec son orchestre, et puis tout cela s'était très vite arrêté, il n'avait plus fait que des tournées dans les villages le long de la côte et il le répétait régulièrement quand il avait bu trop de bière de sauge, il disait, « Si on m'avait poussé », il laissait sa phrase en suspens, et toute gamine Vida ne voyait pas bien de quoi il parlait. Elle pensait que pousser quelqu'un n'était pas une chose qui se fait (ça le fait tomber, généralement) et elle ne comprenait pas pourquoi ne pas avoir subi de « poussée » plongeait son père dans un désespoir aussi pesant. Parfois quand il revenait la voir de loin en loin et qu'elle s'asseyait à côté de lui pour écouter un match de

hockey à la radio, il se mettait à fumer en ne prêtant plus la moindre attention au match de
hockey, il regardait Vida, ce qui finissait par la
gêner, alors elle se tournait vers lui et lui demandait, « Qu'est-ce qu'il y a ? », et il répondait,
« Rien, je pense à tout ce que j'ai raté », et tout ça
sans la quitter des yeux.

Vida s'applique à lui écrire une lettre mensuel-
lement depuis que la grand-mère est morte en
1987. C'est très facile de lui écrire des lettres.
Vida lui raconte sa vie quotidienne et comme
elle est insuffisante à remplir une missive men-
suelle elle invente. Elle raconte des histoires
d'animaux. Elle dit qu'ils ont neuf chats et des
perruches et un varan. Et elle lui donne de leurs
nouvelles. Elle lui parle de Paloma comme si elle
était là. Comme si elle revenait chaque week-end
à la maison. Elle lui dit que Paloma veut ouvrir
une clinique vétérinaire (elle a dû avoir cette
envie quand elle avait huit ans) et qu'elle fait des
voyages pour étudier les bêtes sauvages
d'Afrique ou les passereaux d'Europe.

Le père de Vida ne répond pas. Il n'est plus
tout à fait le même homme depuis quelques
années. Il lui envoie des cassettes qu'il enregistre
avec un vieil appareil qui criaille, les bandes sont
usées, il n'en trouve plus de neuves alors il réen-
registre sur des bandes déjà utilisées, il met des
autocollants sur la cassette et ça crée des sur-
épaisseurs inquiétantes. Il doit avoir des stocks
de cassettes 60 minutes non vierges dans sa cave
(il disait toujours qu'il ne fallait pas choisir des
cassettes 90 minutes parce que les fabricants
employaient la même quantité de matière et la
bande était simplement plus fine et plus fragile).

Il s'enregistre quand il joue du luth d'Irigoy. Vida aimait beaucoup écouter ses cassettes à l'époque où elle disposait encore d'un appareil en état de marche pour les passer. Désormais elle ne fait que les accumuler sans en dire un mot à Gustavo, elle les range au fond de son armoire à falbalas et elle dit à son père ce qu'elle pense de sa musique dans sa lettre – ce n'est pas si difficile, Vida connaît le luth d'Irigoy et elle ne parle que de ses sensations (elle écrit par exemple que certains passages du dernier enregistrement lui apparaissent bleus et phosphorescents).

Quand le lieutenant Taïbo sonne elle tient l'une des cassettes de son père à la main, elle la scrute et cherche quelque chose à écrire sur son mystérieux contenu. Elle rentre dans la maison pour regarder par la fenêtre qui vient de sonner (elle ne veut pas de caméra avec l'interphone, tout comme Paloma, qui avait hurlé quand son père avait pensé en installer une, « Tu ne veux pas non plus un mirador et un SS ? »), elle ouvre à Taïbo mais elle hésite à le faire. L'effet de cet homme sur elle commence à l'inquiéter. Parce que le moment où elle s'est rendu compte que la personne qui sonnait chez elle était le lieutenant Taïbo et non le prêtre de la paroisse de l'enfant Jésus venu réclamer de l'argent pour ses nécessiteux (il dit toujours « *mes* nécessiteux » comme s'il en avait une communauté parquée simplement pour son usage personnel) a été un moment délicat : son cœur s'est mis à battre sur un rythme bizarre comme s'il sautait des haies dans sa poitrine – ou qu'il était devenu un lévrier de course sur lequel tout le monde aurait parié.

Elle ouvre au lieutenant Taïbo et il lui sourit. Il a l'air préoccupé mais il lui sourit ; ils sont maintenant deux vieilles connaissances – le terme est mal choisi, ils se connaissent depuis très peu de temps, on ne peut réellement formuler la chose ainsi, disons qu'ils devinent les énigmes l'un de l'autre ou plus exactement l'ampleur de ces énigmes sans pour autant en percer avec précision l'opacité ni en évaluer les contours (c'est une masse ténébreuse de chagrins qui fait comme une tumeur grise au milieu de leur corps). Elle s'aperçoit qu'elle n'a jamais rencontré le lieutenant Taïbo ailleurs que dans sa maison. Il doit penser qu'elle ne sort jamais d'ici – et il n'aurait pas vraiment tort.

Elle se retransforme en maîtresse de maison impeccable. Bien qu'elle soit vêtue d'un jean et d'une chemise à carreaux. Mais n'est-il pas préférable de se montrer à cet homme sous ce jour plutôt que sous celui de la quadragénaire oisive en ses longs voiles violets. La penderie de Vida regorge de vêtements qu'elle ne choisit pas elle-même, elle aime mieux enfiler un pantalon et un débardeur, répète-t-elle à l'envi, mais quand on l'interroge pour savoir pourquoi, dans ce cas, elle porte des soieries et des falbalas, elle répond, « C'est pour être plus accueillante, c'est pour montrer *ma bonne volonté* ».

Vida invite Taïbo à s'asseoir dans le salon trop grand, trop vide et trop froid. Il secoue la tête alors ils restent debout sur le perron l'un en face de l'autre, lui fuyant son regard, les yeux sur l'océan et les îles comme s'il guettait l'arrivée d'une gigantesque vague, elle minuscule face à lui.

Il lui dit qu'il pense que Paloma et Adolfo (il dit « son fiancé ») sont à Irigoy et qu'ils ont peut-être des ennuis. Il n'est sûr de rien mais cette histoire le tarabuste depuis qu'il a mis les pieds chez Vida. Il ajoute qu'il aimerait que Vida l'accompagne là-bas à cause de sa bonne connaissance des lieux (il dit vraiment « votre bonne connaissance des lieux », ce qui n'a pas beaucoup de sens ; ce n'est pas parce qu'elle a passé son enfance dans cette ville qu'elle sait encore s'y repérer mais elle ne le détrompe pas, c'est inutile, il sait ce qu'il dit : il dit simplement autre chose que ce qu'il pense).

Il demande si c'est possible. Il est désolé d'avertir Vida si tard, lui est-il possible de partir de façon aussi impromptue (il dit vraiment « impromptu », comment le simple usage d'un mot peut-il toucher Vida à ce point). Elle dit oui. Elle se tourne vers la patère et prend un châle et il plisse les yeux :

— Vous ne prévenez personne ?

— Non, il n'y a personne à prévenir.

— Votre mari... ?

— Mon mari.

Elle fait demi-tour vers l'intérieur de la maison, lui demandant de l'attendre un instant, il a l'air soulagé, et sans bouger du seuil il crie :

— J'essaie de vous ramener ce soir.

Alors Vida appelle la secrétaire de Gustavo pour laisser un message à son mari, elle cherche une justification à ce départ précipité, elle dit :

— J'accompagne le lieutenant Taïbo à Irigoy pour une histoire qui a trait à ma famille.

— À votre famille, répète l'autre imperturbable, notant la chose de son stylo ultrafluide.

— À mon père.

— À votre père. C'est noté, dit la fille comme si tout cela ne l'intéressait pas.

— Je lui téléphonerai depuis là-bas, précise Vida (et elle s'agace elle-même de donner des détails et d'ajouter des couches de marmelade à un message simplement informatif – elle pourrait être la mère de cette fille et elle n'arrive pour autant pas à adopter la bonne posture).

— Pas de problème, conclut l'autre.

Et l'entendre répondre qu'il n'y a pas de problème, même si elle n'est que la secrétaire (Gustavo ne dit pas « secrétaire » mais « assistante » et Vida s'est toujours demandé ce qu'étaient devenues toutes les secrétaires du monde), la rassure, comme si elle n'était pas en train d'effectuer un acte absurde lié à son désœuvrement LizTaylorien.

— Je voudrais cesser de me dénigrer, murmure-t-elle en raccrochant.

Et comment ne pas ressentir une vive douleur quand vous n'avez, aux yeux de quiconque, aucune raison de vous plaindre ni de vous ni de ce qui vous entoure mais qu'un chagrin tenace vous habite, et existe-t-il une chance que cela change puisque, comme le rappelait souvent Paloma, il y a un âge où l'on ne fait qu'accentuer sa pente (elle disait cela gentiment, comprenez bien, avec une sorte de bienveillance attendrie, c'étaient les moments où elle appelait Vida sa petite mère et où celle-ci ne l'exaspérait pas).

Puis Vida suit le lieutenant Taïbo et ils partent pour Irigoy.

II

À IRIGOY
1997

Une femme à son image

Vida n'a jamais trompé Gustavo de sa vie. Elle s'est mariée à dix-neuf ans et elle a toujours pensé que ce serait lui qui la quitterait. Elle s'était simplement évertuée à ce que ça ne se produisît jamais. Elle avait été depuis son mariage avec lui une grande vigie de la trahison. Elle n'avait relâché son attention que seulement depuis deux ou trois ans. Et elle ne saurait dire précisément pourquoi. Elle trouvait que ce détachement était très satisfaisant – elle avait trop souvent épié Gustavo pendant ce qu'elle nommerait bientôt la longue période prédétachement. Cette étude quotidienne de ses réactions et de ses intonations lui avait permis de le connaître avec une précision affligeante. Affligeante parce que, au fond, il n'y avait rien de tout à fait passionnant chez cet homme, rien qui ne requît une assiduité aussi grande de la part d'un autre être humain. Vida n'avait pas été jalouse à proprement parler pendant toutes ces années. Qu'il s'en allât pour une autre femme ou pour devenir pêcheur en Islande, le résultat eût été le même pour elle. Elle avait juste eu peur qu'il ne la laissât là avec Paloma – bien que Paloma eût suffi pendant des années à le retenir.

Aussi quand ce détachement s'était installé en elle (et c'était venu très lentement – tout comme les hommes cessent de vous regarder quand vous vieillissez, chaque jour moins d'hommes vous regardent ou cherchent vos yeux dans la rue ou vous complimentent (vous savez bien : ils ont l'impression d'être les premiers à avoir découvert que vous étiez une jolie femme et ils n'en reviennent pas que vous soyez au courant), chaque jour leur intérêt pour vous s'émousse et leurs hommages s'espacent, si vous n'y prêtez pas garde, vous vous réveillez un matin et vous êtes devenue invisible ; si vous y prêtez garde et n'en prenez pas votre parti, c'est une infime piqûre journalière jusqu'à la métamorphose finale : insecte transparent sans aucun intérêt sexuel), elle s'est sentie soulagée et un peu déboussolée.

Elle restait persuadée qu'il ne lui arriverait jamais à elle de tromper cet homme. Peut-être était-ce lui finalement qui l'avait convaincue qu'il ne courait aucun danger puisqu'il l'avait *fabriquée*. C'était ce qu'il avait toujours dit quand il la trouvait belle, il disait, « Et dire que c'est moi qui t'ai faite ». Vida attendait le moment où il ajouterait qu'il l'avait sortie de la fange d'Irigoy. Mais il s'arrêtait systématiquement à ses propres mérites. Il ne parlait jamais de l'endroit d'où elle venait.

Le mariage de Vida

À son mariage, Vida reçut trois lampes de papier signées par des messieurs japonais, une parure de lit brodée à la main par des fillettes nicaraguayennes (représentant l'irruption d'un volcan sur les draps et des paysans courant en tous sens sur les oreillers) et un service à thé de cent cinquante-deux pièces, venant directement d'Angleterre, entièrement décoré de bleuets et de violettes, avec des mots écrits en anglais au-dessous qu'elle ne put comprendre parce qu'elle ne connaissait pas l'anglais ; le service à thé avait été envoyé par une tante de Gustavo qui vivait dans le Suffolk et il avait traversé l'océan dans une malle blindée. Ce fut la malle qui impressionna le plus Vida. Quelle idée de perdre autant de temps, d'argent et d'énergie à protéger à ce point des tasses en porcelaine.

Les mariages à Irigoy sont l'occasion de beuveries sauvages dont la longueur et l'intensité permettent de mesurer la réussite de la noce. Si la fête n'excède pas deux jours et deux nuits, si elle n'a pas rassemblé toutes les fanfares des villages environnants, s'il n'a pas été tiré au moins trente coups de fusil et s'il n'y a pas eu un mort, un viol ou un drame familial (un père qui veut étrangler sa fille, une femme qui veut fendre le crâne d'un mari volage), les économies de quatre années dépensées et des dizaines de litres de larmes versées, alors la fête n'est qu'un pâle reflet de fête.

Vida avait toujours pensé que son mariage serait un mariage irigoyen.

Mais c'est qu'elle n'avait jamais imaginé qu'un garçon comme Gustavo passerait dans ces contrées et la choisirait pour épouse. À l'université de Villanueva, Gustavo fréquentait le fils du maire d'Irigoy, Carlos Mendana, qui était le seul garçon de la ville à être inscrit en faculté. Tous deux faisaient médecine. Et le fils de Carlos Mendana avait convié Gustavo à une partie de chasse dans les montagnes autour d'Irigoy. C'est ainsi que celui-ci croisa Vida et fut subjugué par sa beauté si peu policée, comme une beauté enfantine, quelque chose qu'on sentirait poindre sous des traits pas encore faits, des sourcils encore trop épais et des pommettes si hautes qu'elles lui donnaient l'air d'un fennec.

Il tomba follement amoureux d'elle et décida de la présenter sur-le-champ à sa propre mère. Vida ne sut refuser. Gustavo était un si beau garçon aux traits fins et à la désinvolture fascinante. Il était d'une élégance racée en toutes circonstances, il paraissait à l'aise quelle que soit la situation. Cette particularité intéressait tant Vida qu'elle aurait passé son temps à l'observer – pourquoi les cheveux de ce garçon avaient-ils toujours l'air si bien coiffés ou du moins prenaient-ils un pli souple et remarquable là où les siens (et ceux de tous les garçons qu'elle connaissait) faisaient des épis et semblaient vivre une vie autonome et rebelle.

La mère de Gustavo habitait bienheureusement fort loin et partait fort souvent en villégiature, ce qui permit à Vida de ne la voir que très peu, une fois devenue l'épouse de Gustavo. Lorsqu'elle rencontra Vida, la vieille femme aussi poudrée qu'un gâteau au sucre l'embrassa du bout des lèvres, comme si elle était porteuse d'un bacille tueur, la tenant à distance de sa main droite, imaginant peut-être que Vida aurait la tentation de se jeter sur ses genoux pour la couvrir de baisers humides et débordants de gratitude. Elle scruta Vida de la tête aux pieds (Gustavo lui avait bien entendu choisi une tenue adéquate, blanc vierge effarouchée) et la vieille femme décréta, « C'est fou ce qu'elle est pâle ». Ce qui aurait pu être une qualité pour cette femme qui faisait ce qu'elle pouvait afin de ne pas avoir l'air latino-américaine mais ce qui était en réalité pour elle une tare visible liée à la mauvaise qualité des gènes irigoyens. Quant aux autres membres de la famille de Gustavo présents ce jour-là auprès de la vieille femme, Vida ne réussit pas à les distinguer avec précision, il s'agissait juste d'un amas de personnages tous aux cheveux précocement poivre et sel, habillés avec élégance ou aisance (et plus certainement avec les deux à la fois), qui buvaient des choses délicieuses en s'extasiant sur la robe du vin (une partie de la famille possédait des vignobles), se parlaient en anglais avec des voix de belette et étaient à deux doigts de tapoter la tête de Vida comme si elle avait été un teckel.

Le jour du mariage, Vida enfila une robe qu'elle n'avait pas choisie et marcha au bras de son père vers l'autel d'une église qu'elle n'avait pas choisie – se consolant en se disant que les mariages rarement vous appartiennent, n'est-ce pas ce que souvent ses amies lui avaient répété.

Elle aurait voulu désigner une couleur qu'auraient portée toutes les femmes de l'assemblée comme cela se faisait couramment pour les noces à Irigoy mais Gustavo avait refusé, gentiment refusé, arguant que ce n'était pas admis dans sa famille – et c'était bien Vida qui entrait dans sa famille et se devait d'adopter ses mœurs, en laissant à l'entrée les étranges coutumes de sa province.

Ils se marièrent à Villanueva ; le frère de madame Izarra officiait. Le père et la grand-mère de Vida firent le déplacement ainsi que deux de ses amies d'enfance, toutes deux enceintes et déjà mères.

Après l'échange des vœux, l'une d'entre elles embrassa Vida avec effusion et lui dit, « Te voilà devenue une dame toi qui le désirais si fort ».

Vida fut vexée que celle-ci pensât une chose pareille. Il lui semblait pourtant n'avoir jamais souhaité s'extraire de sa condition ou quitter Irigoy. Elle avait eu l'impression d'un concours de circonstances et rien de plus. L'idée que cette fille la connût (ou crût la connaître) mieux qu'elle-même l'accabla.

Il y eut un repas assis dans le restaurant panoramique de Villanueva avec de multiples tables rondes, décorées de fleurs blanches et enivrantes. Personne ne parlait à Vida ; seuls les enfants lui tournaient autour comme si elle avait été une Miss Amérique. L'élément positif, c'était qu'elle était reconnaissable à sa robe, on ne pouvait pas faire semblant de s'interroger sur ce qu'elle faisait là. Malgré cette évidence, certaines des cousines de Gustavo bavardaient entre elles en plissant les yeux quand leur regard tombait sur Vida comme si elles essayaient de la remettre. Vida préféra se concentrer sur l'apparat de ce banquet, parce qu'il y avait tant de choses qu'elle ignorait et que ne pas avoir l'air totalement déplacée était une entreprise qui lui demandait une énergie considérable. La fontaine de champagne, avec toutes ses coupes posées en équilibre les unes au-dessus des autres, l'angoissait tout particulièrement. La dégoulinade du champagne lui apparaissait comme un gâchis inexplicable. Elle n'avait bu que de l'eau et pratiquement pas mangé pour éviter d'avoir à choisir entre tous ses couverts. Elle se formalisa quand les glaçons en forme d'étoile se mirent à fondre dans son verre, elle avait cru qu'il s'agissait de petites sculptures de cristal – comme les pendeloques du lustre. À trois heures du matin quand tout le monde fut parti, Gustavo l'emmena dormir dans son appartement de célibataire. Ils devaient s'envoler le lendemain pour l'Italie. Il la prit dans ses bras pour passer le seuil, la déposa délicatement sur la moquette du salon et lui dit, « Bienvenue chez vous, madame Izarra ».

Et quand elle l'entendit prononcer ces mots, Vida sourit puisque c'était ce qu'elle était censée faire mais elle ne put s'empêcher d'avoir la désagréable impression qu'il parlait à sa mère.

La piste des bandits

Vida et le lieutenant Taïbo sortent de Villanueva, ils traversent les zones industrielles, longeant des hangars flanqués de grands nopals et des arrêts de bus où patientent interminablement des ouvrières chargées de sacs en plastique et de jeunes enfants. Elles les regardent passer, l'air de croire qu'ils vont peut-être les prendre dans la voiture, elles semblent si épuisées que chacun de leurs gestes est ralenti comme ceux de scaphandriers.

Vida pense qu'un jour elle sera avec elles à attendre le bus. Que son palais en or massif aura fini de s'écrouler et que son mari aura déguerpi. Et cette possibilité est à la fois effrayante et apaisante. Il fait plus chaud en descendant de la colline Dollars et tout est ensablé et poussiéreux ; un nuage de cendres est tombé sur les bâtiments, les voitures et les humains. Elle ouvre la fenêtre de son côté, et ses cheveux paraissent vouloir se décoller de sa tête.

Le lieutenant Taïbo a pris la piste des bandits – la route dangereuse qui va jusqu'à Irigoy. Vida n'est pas passée par là depuis des années, elle ne s'aventure jamais seule dans ce coin et le peu de fois où Gustavo l'a accompagnée à Irigoy, il n'a évidemment pas emprunté ce chemin.

Elle ne peut s'empêcher de scruter les alentours, sous l'effet de la chaleur les cactus ont l'air de devenir gélatineux, se contorsionnant en anneaux translucides et moirés comme s'ils avaient été plongés dans du pétrole, les immenses catalpas assassins font de l'ombre et tout comme celle des noyers cette ombre a quelque chose d'inquiétant qui paraît les narguer de sa mauvaise réputation. Vida aperçoit un coyote boitillant qui s'éloigne et devient flou, un urubu le surveille perché sur un yucca. Le sable du désert miroite sous le soleil. Les fermes et les restaurants de porc grillé sont annoncés sur des pancartes de guingois et trouées – par des armes à feu –, mais c'est tellement démonstratif que ça n'est plus si impressionnant. Vida voit une fille et deux types sur le bord de la route, qui leur adressent des gestes obscènes quand la voiture les dépasse – la fille porte une robe courte et jaune avec de grandes bottes de cheval et elle louche, Vida se demande ce qu'il y a de pire pour une fille que de vivre chez ces dingues et ces violeurs.

Taïbo la regarde aussi et il hoche la tête.

Vida prend une profonde inspiration et elle dit :

— J'ai vu Adolfo très peu de fois.

Le lieutenant se tourne vers elle, sans doute pour vérifier qu'elle n'est pas encore en train d'arranger la vérité comme elle l'a fait déjà à plusieurs reprises. Elle ajoute :

— Mais c'est moi qui ai présenté Adolfo à Paloma.

Les recoins secrets du cœur

Il y a un endroit où Vida se rendait parfois et où personne ne savait qu'elle allait, pas même Gustavo, surtout pas Gustavo. C'était un bar où l'on écoutait du jazz des années 30 à n'importe quelle heure de l'après-midi. Le trajet lui prenait une demi-heure en voiture, le bar était situé sur le front de mer mais très au nord de la jetée, dans une maison blanche avec un néon bleu. La première fois qu'elle y était allée, c'était en sortant d'une réunion des Endeuillés Anonymes – une appellation qu'elle a toujours trouvée étrange parce qu'au fond tous ces noms suivis de la mention « anonyme » lui donnent l'impression d'abriter des sociétés secrètes où l'on endoctrine les âmes perdues.

C'était à cause de Paloma qu'elle était allée chez les Endeuillés Anonymes. Paloma ne s'était jamais remise de la mort de sa meilleure amie, et Vida se sentait démunie et mal à l'aise – parce que Gustavo travaillait pour l'hôpital qui n'avait rien pu faire pour la toute jeune fille, mais aussi parce que les relations avec Paloma s'étaient dégradées à ce moment-là et qu'il avait été impossible de les pacifier depuis. Quelqu'un, sans doute Arantxa, avait parlé à Vida de cet endroit où l'on écoutait votre chagrin, où tout le monde semblait s'y impliquer, et où personne ne minimisait votre peine en pensant ainsi vous consoler – car ça ne console en rien, cette façon de relativiser votre douleur, ça ne fait que la nier et la rendre plus aiguë et plus injustifiable. Vida y était allée dans l'idée d'y emmener Paloma ou de lui recommander de s'y rendre si l'endroit n'était pas trop sinistre.

Les Endeuillés Anonymes se réunissaient à l'étage de la maison qui jouxtait le bar de jazz. La première fois Vida avait été touchée par l'attention que les autres lui avaient prodiguée quand elle leur avait parlé de l'amie de sa fille ; c'était comme lorsque le docteur Kuckart prenait des notes pendant les séances, elle avait le sentiment de l'intéresser et elle ressentait quelque chose qui très obscurément s'apparentait à de la fierté. C'était plus facile avec les Endeuillés Anonymes qu'avec le docteur Kuckart ; Vida nageait dans leur empathie, une empathie brute et apaisante qui ne lui était pas directement adressée.

Finalement elle y était retournée chaque semaine pendant plusieurs mois sans en parler à Paloma. Aucun des Endeuillés ne connaissait le nom de famille des autres participants, laissant à l'entrée son métier, son milieu social et tout ce qui ne concernait pas son deuil. Vida s'était choisi un prénom spécialement pour l'occasion : Gloria (c'était le nom de sa poupée quand elle était petite). La majorité des Endeuillés avait perdu un enfant. C'étaient des séances d'une telle tristesse que Vida était simplement transportée dans la douleur de chacun, elle pleurait comme si elle avait vécu toutes ces vies, elle sortait de là avec la sensation d'avoir récuré tous les endroits secrets de son cœur, une sorte de douche assainissante, une pluie tiède et opiniâtre dont elle émergeait clapotante, ralentie, repentie.

Pour y aller, Vida enfilait toujours un jean et une chemise colorée dont elle remontait les manches et elle mettait un foulard dans les cheveux. Elle garait sa voiture trop chère quelques rues plus loin.

À la fin de chaque réunion, elle avait pris l'habitude d'aller boire un verre seule ou avec l'un des Endeuillés. Personne ne parlait de sa vie, ils ne faisaient que boire des alcools forts et bleus en écoutant la musique – c'était un moment si serein et au fond si intensément silencieux, d'un silence choisi, presque métaphysique, comme si la musique qu'ils écoutaient s'adressait à quelque chose qui était tapi en eux et en passe d'être apprivoisé. Vida se demandait parfois quand le pianiste allait commencer à jouer alors qu'il jouait déjà depuis un certain temps (tout comme elle voulait allumer le poste de radio à la maison alors qu'il était déjà allumé, installée qu'elle était dans le bruit blanc du monde et dans son propre bourdonnement).

Au bar de jazz elle a remarqué ce beau garçon populaire. Impossible de dire les choses autrement, ce sont les mots qui lui sont venus à l'esprit quand elle l'a aperçu la première fois. Quel beau garçon populaire. Il paraissait si à l'aise avec tout le monde qu'il était tentant de faire partie de son cercle, de s'approcher de son rayonnement pour vérifier si la température augmentait bien un peu ou si vous restiez aveuglé quelques instants. Il portait en général un chapeau en cuir pareil à celui des hommes des collines. Il souriait, posait sa main sur l'épaule de certains, demeurait à une distance adéquate et intuitive des autres, tournicotant dans le bar entre les tables, s'asseyant quand on l'y invitait, il avait un sourire plein de fossettes et des yeux d'une couleur indéfinissable, peut-être jaunes ou verts, une couleur qu'on rencontre rarement dans la nature et qui vous demanderait un examen détaillé pour pouvoir la nommer avec certitude. Tout semblait harmonieux chez lui, même son boitillement et ses cheveux rasés – quand il ôtait son chapeau son crâne apparaissait, il y passait la main en le frottant quand il écoutait quelqu'un avec attention, c'était un crâne plein de cicatrices où les cheveux ne repousseraient jamais, une très belle chose que ce crâne évocateur, comme le museau d'un animal bagarreur.

Un jour il a avancé une chaise, il s'est assis devant Vida et celle-ci a craint qu'il ne la prît pour une vieille femme riche à la recherche d'un gigolo. Elle s'est demandé comment on reconnaissait une femme à la recherche d'un gigolo. Au fait, sans doute, qu'elle boive des alcools forts et bleus en plein après-midi en écoutant un pianiste de jazz.

— Vous avez dit l'autre jour que vous aviez besoin de quelqu'un pour s'occuper de votre jardin, a-t-il déclaré.

Mais à qui en avait-elle donc parlé ? Peut-être à l'un des Endeuillés qui l'accompagnait.

— Il y a des choses que je ne sais pas faire, a-t-elle dit.

Et comme sa phrase pouvait paraître ambiguë elle a ajouté :

— Je prends soin des fleurs mais le reste est au-dessus de mes forces ou de mon enthousiasme.

Les yeux du garçon avaient cette couleur indéfinissable, ombrée par de grands cils féminins, une couleur si impossible à qualifier qu'elle en devenait agaçante. Vida a secoué la tête. On aurait pu croire qu'elle tentait de se réveiller :

— Mon mari n'a pas toujours le temps et les choses parfois demeurent où elles en étaient.

Le garçon a fermé un œil comme si la fumée de sa propre cigarette le dérangeait ou qu'il reconnaissait le morceau que le pianiste jouait ou bien qu'il essayait de comprendre s'il y avait un double sens à ce que Vida disait.

— Je peux m'occuper de votre jardin. J'ai pas mal d'expérience en la matière.

Vida a pensé que le mieux serait de prendre un air quelque peu soupçonneux (ou du moins professionnel comme le ferait quelqu'un qui embaucherait une personne pas seulement parce que celle-ci s'est assise à sa table dans un club de jazz) et elle a dit qu'elle aimerait qu'il produisît des lettres de recommandation. Il a levé les sourcils, et on a pu croire un instant qu'il allait se tourner vers ses amis, ses nombreux amis, ses prétendants et ses admirateurs, et qu'il allait leur répéter ce que Vida venait de dire et qu'ils allaient tous se mettre à rire ainsi que le roi leur intimait de le faire et alors Vida n'aurait jamais pu remettre les pieds dans cet endroit. Mais il lui a souri (il est impossible de savoir s'il n'avait pas d'abord songé à l'humilier et à appeler à la rescousse tous les rieurs du bar mais, si c'était le cas, il y avait renoncé), il lui a tendu la main et il a dit, « Je m'appelle Adolfo ».

Il est passé à la maison deux jours plus tard.

Vida l'a accueilli et lui a demandé d'emblée de n'informer absolument personne dans cette maison de l'endroit où elle l'avait rencontré, ce club de jazz était son jardin secret, et cette demande la condition au contrat tacite qui les lierait, mais il avait été inutile qu'elle la formulât, elle s'en est rendu compte après coup, parce que ce garçon avait *deviné*, et il a fermé les paupières juste une seconde pour signifier qu'il comprenait et qu'elle pouvait lui faire toute confiance. Il est sorti pour voir le jardin. Quand il s'est retourné vers elle il s'est mis à lui parler des roses et du grenadier, et il avait, elle l'aurait juré, il avait l'accent d'Irigoy, elle en aurait mis sa main à couper, puis il a souri et le sourire de ce garçon était magnifique et Vida s'est dit, « Ai-je rêvé, y a-t-il une autre province où l'on parle ainsi », il était impossible de lui poser la question directement, elle était juste capable de lui expliquer ce qu'elle attendait de lui dans le jardin, se sentant soulagée sans savoir pourquoi que Paloma fût partie à l'entraînement.

À la fin de l'après-midi il avait terminé, ayant rigoureusement et avec une intense application exécuté ce qu'elle lui avait demandé, c'est à ce moment qu'elle lui a dit que c'était parfait et c'est à ce moment qu'il lui a répondu, « Je sais ce que veut chacun de vous », il lui a proposé de repasser la semaine d'après, et elle s'est sentie captive, elle ne menait pas la conversation, elle ne pouvait qu'approuver et prendre un nouveau rendez-vous, oui les roses avaient besoin de plus de soin, oui il fallait tondre la pelouse, il lui a dit, « Je reviendrai », il lui a serré la main et il s'en est allé à pied, redescendant la colline Dollars les mains dans les poches de son pantalon gris.

Il est revenu la semaine suivante ; Paloma était là.

Et elle est aussitôt tombée amoureuse de ce garçon.

Vida les a réellement vus tomber amoureux l'un de l'autre, ça s'est passé sous ses yeux dans l'entrée de la villa et c'était la chose la plus surprenante et naturelle du monde, ils se sont retrouvés face à face, Adolfo venait d'arriver et Paloma descendait de sa chambre pour voir qui avait sonné, elle portait l'un de ces minuscules shorts rouges que les filles à longues jambes portent, quelle chance n'est-ce pas d'avoir enfilé ce minuscule short rouge ce jour-là en particulier, et quand Paloma est tombée amoureuse de ce garçon, Vida a senti que le tissu qui les liait encore toutes les deux, un tissu qui les enveloppait peut-être comme un lange, un double lange, eh bien elle a su que ce tissu se déchirait, il avait commencé à se déchirer quand Paloma avait huit ans et avait continué à le faire quand sa chère amie Chili avait succombé à son cancer (et Paloma aurait dit, « Pourquoi "succombé", pourquoi pas "morte" tout simplement ») et là il se déchirait totalement dans un bruit d'os qu'on brise et Vida ne pouvait rien y faire, elle voyait ce beau garçon énigmatique (et Paloma aurait dit, « Pas "énigmatique", simplement "mystérieux" »), ce beau garçon qui avait l'air si attirant et dangereux, mais n'importe quel garçon n'aurait-il pas eu l'air dangereux pour une mère, elle le voyait tendre ses filins pour prendre sa fille et elle voyait Paloma le regarder de ses grands yeux de clairière, si belle, si lumineuse, autant qu'il paraissait sombre, et Vida s'est demandé, « Mais d'où vient-il ? D'où vient ce drôle de garçon ? ». Alors que ce n'était pas du tout la bonne question, la bonne question était, « Mais où va-t-il emmener ma fille ? ».

La volupté

Il y avait eu ses yeux de Mexicain métissé qui souriaient sans que sa bouche s'en mêlât et puis ses mains qui n'avaient jamais touché une raquette de badminton de toute leur vie de mains, elles semblaient possiblement étrangleuses, puissantes, violentes, osseuses (avec plus d'os et plus de veines que les mains de Paloma et de tous les gens que celle-ci connaissait), à la fois sèches et charnelles, terreuses et insomniaques.

Paloma avait tout de suite remarqué qu'il claudiquait.

Et sa claudication n'avait rien d'occasionnel, elle était si intégrée à sa démarche, absorbée, digérée, et restituée dans une sorte de sautillement étrange qu'elle paraissait même faire partie de sa silhouette immobile.

Vida l'avait embauché pour effectuer dans le jardin certains travaux dont elle ne pouvait elle-même s'acquitter. Ou bien elle l'avait fait venir pour que Paloma le rencontrât – mais ça jamais Vida ne l'avouerait, jamais elle ne le dirait, Vida qui passait son temps chez son vieux psy n'était-elle pas la reine du déni ?

En tout cas Paloma était tombée sur lui en descendant l'escalier et bienheureusement elle venait de brosser ses cheveux pour les rendre brillants comme du vinaigre, elle avait mis des boucles d'oreilles qui lançaient des éclairs et elle avait enfilé son plus petit short, elle était un pot de miel au milieu d'un après-midi d'été.

Bing bing, avaient fait les deux yeux d'Adolfo en tombant sur le carrelage. Et Paloma était passée telle une impératrice près de lui, rejoignant la terrasse comme si elle l'avait à peine remarqué.

Les chiens

Vida a raconté les circonstances de sa rencontre avec Adolfo, sans regarder un seul instant le profil du lieutenant, les yeux fixés sur la route. Puis elle s'est tue et ils sont arrivés à Irigoy.

Vida connaissait le lieutenant Vargas qui les a accueillis au poste de police d'Irigoy. Il était plus âgé qu'elle et quand elle était enfant et qu'il était jeune homme, tout le monde l'appelait le Chien parce que sa mâchoire avançait singulièrement, que son nez était pointu et qu'il semblait évident qu'il appartenait à la descendance des liaisons contre nature ayant fait le désastreux renom d'Irigoy.

Vargas l'a reconnue, il a d'abord eu l'air ému comme s'il revoyait sa nièce perdue de vue depuis de nombreuses années, puis inquiet comme s'il cherchait dans sa cervelle quel lien il pouvait y avoir entre le lieutenant Taïbo et elle.

Il les a accueillis en disant :

— Il n'est rien arrivé à ton père, au moins ?

Taïbo et Vida avaient dû traverser Irigoy pour atteindre le poste de police, empruntant la rue centrale, seule rue à compter un trottoir ou plutôt une sorte de bas-côté accessible à un piéton. C'était comme s'il était si dangereux de marcher dans Irigoy qu'on avait été jusqu'à supprimer la possibilité d'aller d'un point à un autre sans voiture – et pourquoi était-ce si dangereux ? Parce qu'il y avait toutes sortes de prédateurs dans cette ville, parce que tout le monde buvait trop et s'écartait de la route pour foncer dans le fossé quel que soit le nombre d'écoliers qui marchaient en file indienne du bon côté de la chaussée. Cet aménagement rudimentaire s'arrêtait net au bout de quelques dizaines de mètres, il n'y avait plus rien ensuite, juste la route et des grillages clôturant des maisonnettes multicolores au fond de jardins bordéliques, et sous des treilles des voitures s'oxydant posément sur des billots de bois, mortes et gonflées de vieux journaux, de vêtements et d'objets cassés qui ne servaient plus, ne serviraient plus mais qu'on ne pouvait se résoudre à jeter. Irigoy ressemblait à une ville de ferrailleurs dépressifs. Vida avait toujours vu ces voitures mourir lentement en se laissant grignoter par les chardons et les cactus. Il était sans doute trop compliqué de s'en débarrasser. Elles avaient été dépouillées et servaient de grenier ou de refuge à des bestioles – une famille de ragondins logeait dans la Ford de son père quand elle était gamine –, et elles attendaient avec une patience minérale et méditative, une patience de rocher sur le flanc d'une montagne qui ne sait et ne saura jamais ce qu'il y a sur l'autre versant.

Taïbo et Vida n'avaient pas parlé pendant qu'ils traversaient la ville et sa tristesse de chômage. Vida avait seulement dit, « Vous êtes déjà venu à Irigoy ? » et il avait répondu, « Non, j'y suis passé une fois mais comme on traverse un village, en regardant les façades et en filant très vite ». Elle avait ressenti un mélange de honte et de fierté – parce que Irigoy ne la décevait pas, elle n'était pas devenue une jolie ville proprette avec usine de microprocesseurs en plein désert, elle ressemblait à ce dont Vida se souvenait et elle voulait que le lieutenant Taïbo sût d'où elle venait et devinât quel genre de bestiole était assise sur sa cage thoracique.

Quand Vargas s'est inquiété pour son père, Vida l'a détrompé, elle a répondu qu'elle allait passer le voir ensuite mais qu'elle accompagnait le lieutenant pour une histoire qui avait trait à sa propre fille. Vargas a levé les sourcils et les a fait asseoir dans son bureau, il a installé son fauteuil sous un crucifix et Vida a pensé à Gustavo qui ne pouvait imaginer à ce moment précis à quel endroit du monde elle se trouvait. Vargas portait des lunettes de soleil miroir à monture en plastique rouge – des lunettes qu'un garçon de quinze ans pacifiquement ringard aurait pu arborer sur la plage de Villanueva. Il ne les a pas ôtées. Elles devaient lui donner l'impression qu'il était quelqu'un d'important et de stylé.

— En fait, a-t-il commencé en s'adressant à Taïbo, après votre coup de fil je suis allé jeter un œil chez Juan Orezza, le père du gars que vous cherchez. J'étais en voiture mais à un kilomètre de là j'entendais déjà les chiens hurler.

Il a fait une pause mélodramatique et a joint les mains.

— Je me suis douté que quelque chose tournait pas rond alors je me suis garé dans la cour de la ferme, j'ai appelé pour voir s'il y avait quelqu'un, j'entendais toujours les chiens gueuler, à l'intérieur de la maison et aussi dans le hangar, les chiens ça me fait pas peur, j'ai l'habitude, on en avait cinq à la maison, et des costauds, j'ai regardé par la fenêtre, il y avait pas de rideau ni rien, et j'ai vu le père Orezza dans sa chaise longue au milieu de la pièce, ou du moins ce qui restait du père Orezza parce qu'il s'était fait bouffer par ses clébards. J'ai appelé les collègues et on l'a sorti de là.

Il a laissé Taïbo et Vida digérer l'information.

Il faisait chaud dans son bureau, la pièce sentait la vieille eau et le repas du déjeuner dont les restes finissaient de se décomposer dans leur barquette au fond de la corbeille à papier.

Vida a demandé si elle pouvait ouvrir la fenêtre et Vargas a accepté en levant de nouveau les sourcils comme s'il n'avait jusque-là pas remarqué qu'il y avait une fenêtre ou qu'il avait toujours pensé qu'elle était scellée.

Taïbo a voulu savoir s'ils avaient réussi à mettre la main sur le cadet des fils. Vargas a secoué la tête :

— Il est parti et il ne reviendra pas. Je me demande d'ailleurs bien pourquoi il est resté là-bas si longtemps.

— Les raisons pour lesquelles on reste ne sont pas toujours faciles à expliquer, a fait remarquer rêveusement Taïbo.

Vargas a enchaîné :

— Si vous voulez je vous emmène voir la ferme. On ne sait jamais. Ça vous aidera peut-être à retrouver le garçon.

Il a réfléchi un instant et précisé :

— Ça n'est pas vraiment une ferme, et ce n'est pas un endroit pour une dame.

Vida a fait signe que ça n'avait aucune importance et elle s'est levée pour les suivre.

Les nuits irigoyennes

Il s'est mis à pleuvoir juste avant qu'ils n'arrivent à la ferme de Juan Orezza. Vargas répétait, « Ah bah ça alors », en scrutant le ciel et les gouttes sur son pare-brise comme s'il s'attendait à ce qu'on lui annonçât que c'était une bonne blague et qu'en fait il ne pleuvait pas.

Taïbo avait le visage fermé, il était assis à l'avant avec Vargas, et Vida était à l'arrière, les yeux fixés sur le paysage morne, brouillé de pluie, se retrouvant en un instant, à cause de la pluie sur la tôle sans doute mais surtout à cause du couinement irrégulier des essuie-glaces, se retrouvant dans sa propre préhistoire à l'arrière de la Ford de son père, quand le temps qui lui restait lui semblait encore inestimablement long.

Vargas a stoppé sa voiture au milieu de la cour de la ferme. Il y avait de grandes flaques noires partout autour d'eux. Vargas a laissé les deux mains sur son volant et quand Taïbo l'a regardé d'un air interrogatif, « C'est ici ? », Vargas sans quitter des yeux ses doigts qui enserraient le volant a répondu, « On va attendre que ça s'arrête ».

Taïbo a haussé les épaules, il a ouvert la portière en disant :

— Et d'après vous pourquoi le type s'était-il enfermé avec ses chiens ?

— Je ne sais pas, a fait Vargas, et il a plissé le nez comme s'il reniflait quelque chose ou comme si l'odeur de la pluie l'incommodait.

Puis il a dit que Juan Orezza était mort d'un arrêt cardiaque ou de quelque chose comme ça, peut-être une rupture d'anévrisme ou une implosion dans le cerveau, une de ces petites implosions qui font que tout à coup on a des taches de couleur qui parasitent la vision, Vargas était bien placé pour le savoir, sa mère avait vu plein de taches de couleur juste avant de tomber dans le coma, donc Orezza père s'était fait son malaise mortel et personne n'était venu le sortir de là avant que les chiens abandonnent toute retenue, et allez savoir comment ce type élevait ses chiens, il devait les dresser à être agressifs et à survivre en toute circonstance, c'était bien le genre.

Taïbo est sorti de la voiture, il a relevé ses lunettes de soleil, s'est penché vers l'intérieur de l'habitacle et a souri à Vida, « Vous n'êtes pas obligée de descendre ». Mais elle a aussitôt ouvert sa portière et mis le pied dans l'une de ces mares de bitume qu'il y avait partout. Elle voyait bien qu'elle ne servait pas à grand-chose mais elle n'aurait pour rien au monde voulu être ailleurs. Eût-elle été d'une quelconque utilité sa joie d'accompagner le lieutenant Taïbo en aurait été amoindrie. Il était évident qu'il la voulait auprès de lui pour des raisons qui n'avaient rien à voir avec son « enquête ». C'était quelque chose qui s'apparentait à son confort personnel.

118

Le rez-de-chaussée n'était qu'une grande pièce éventrée. Le mur qui devait séparer originellement la cuisine de la salle à manger avait été abattu à la masse mais pas totalement, comme si en cours de destruction on s'était souvenu qu'il s'agissait d'un mur porteur ; une poutre en métal rouillé maintenait le plafond en place. Elle avait dû être volée sur un chantier. C'était le seul élément qui ressemblât à un objet du monde civilisé dans cet endroit. On aurait cru débarquer dans une maison après une épidémie, une maison désertée puis pillée. Du côté de la cuisine il n'y avait qu'un poste de radio et une casserole en alu sur la gazinière et dans le *coin salon* une télé maintenue en équilibre sur un meuble bancal avec du gros scotch ; une chaise longue trônait devant (un transat à rayures bleues et blanches, rafistolé avec des tendeurs).

Vida est restée un moment à regarder les taches sur le mur (on aurait dit des taches qui révèlent en un clin d'œil que vous êtes un psychopathe, si jamais vous avez l'imprudence de répondre aux harcèlements d'un praticien du cerveau), il s'agissait en fait de dégoulinures de nourriture, ainsi qu'elle a pu en juger en s'approchant, des dégoulinures bues par le plâtre et figées, sédimentées dans la porosité du mur, le vieux dingue devait balancer dessus les ustensiles de cuisine quand il s'énervait ; le sol était en ciment, on voyait encore le sang qui l'imprégnait. Ce n'était pas une vraie maison, c'était un décor, on se serait attendu à voir débarquer un fou furieux en chemise à carreaux, une hache à la main.

Vida a pensé à Adolfo qui avait vécu là.

Et au fait qu'Adolfo fût sans doute présentement avec sa fille Paloma.

Taïbo est monté jeter un œil à l'étage et puis ils sont repartis.

En revenant vers le centre d'Irigoy, la nuit tombait déjà, elle tombe tôt sur Irigoy, et Vargas leur a déconseillé de reprendre la route le soir même, Taïbo a demandé s'il pouvait leur indiquer un hôtel, et Vargas a gloussé comme si c'était une idée amusante et saugrenue :

— Bah non, il n'y a pas d'hôtel dans cette ville.

— De toute façon je dois ramener madame Izarra, a déclaré Taïbo en renonçant à rester à Irigoy.

Vida a dit qu'il valait mieux passer la nuit ici, elle allait avertir son mari, en aucun cas Taïbo ne devait s'inquiéter pour elle, ils pouvaient aller loger chez son père mais comme il n'était pas prévenu elle préférait aller dormir dans cette sorte de foyer culturel qui hébergeait les visiteurs et qui existait toujours, ils l'avaient vu en arrivant. C'était une pension appartenant au gouvernement, il devait y avoir deux trois chambres, elle datait de l'époque où l'État voulait désenclaver la région et faire valoir ses attraits touristiques (gratin de nopal et spéléologie dans les grottes des alentours). Taïbo a acquiescé et ils ont fait un crochet par le poste de police pour appeler la fille de la mairie afin qu'elle leur ouvrît les portes de la pension.

Ce que Vida aimait c'était la délicatesse de cet homme. Comment expliquer qu'un homme qui aurait semblé si fruste à Gustavo et à la majorité des gens qu'ils fréquentaient elle et lui depuis si longtemps, comment expliquer donc que cet homme lui parût à elle aussi délicat et élégant ? C'était sans doute lié à l'attention qu'il lui portait. Ils ont dîné et bu ensemble ce soir-là. Mais il n'y avait rien de pressant chez lui, il ne faisait que la regarder avec ses yeux de fourrure comme s'il réfléchissait à quelque chose la concernant tout en l'écoutant parler de sa fille, de sa vie et d'Irigoy. Il n'essayait pas de la séduire ou s'il le faisait c'était comme par-devers lui, d'une manière inversée, immatérielle, inqualifiable.

Elle lui a dit que sa façon d'enquêter lui paraissait atypique.

— Je n'enquête pas, a-t-il répondu. Je suis juste venu pour comprendre deux trois choses.

Quand il a senti qu'elle était en train de s'alanguir (mais d'une manière qui n'avait rien d'érotique, c'était juste qu'elle dégringolait peu à peu comme une tulipe dans une trop grande quantité d'eau) dans le restaurant de poulet grillé de Juanito Calderon (avec qui elle était allée à l'école mais qui bienheureusement ne l'avait pas reconnue), Taïbo lui a dit qu'il était temps d'aller dormir. Il lui a offert son bras. Elle avait bu trop de bière de sauge, elle n'était pas ivre, simplement prise d'une mélancolie moelleuse.

Il les a ramenés à la maison culturelle – la maison culturelle devait amuser les Irigoyens quand ils passaient devant à vélo, ils devaient dire, Vida pouvait les entendre dire, « C'est la maison de l'Administration » – et il l'a accompagnée à sa chambre, il souriait mais n'a fait aucune tentative pour que la soirée se prolongeât, elle a pensé, « Vida Vida tu es en train de tomber amoureuse du lieutenant ». Elle s'est souvenue que le docteur Kuckart lui disait toujours que les sentiments n'avaient aucune valeur, les émotions existent, énonçait-il, mais les sentiments qui en découlent sont trompeurs. Il tentait toujours de la raisonner au moyen d'équations bizarres : Le nègre me fait peur (émotion) donc c'est un sale con (sentiment). Ou encore : Le maquereau me plaît (émotion) donc je l'aime (sentiment). Vida, il y avait de cela quelques années, s'était plu à croire que son vieux thérapeute était à la solde de son mari qui lui-même craignait qu'une passion flamboyante ne la lui ravît, chargeant le docteur Kuckart de persuader Vida que ses émotions (qui faisaient naître d'aussi fallacieux sentiments) pouvaient être enfermées dans des boîtes étanches. Elle savait depuis longtemps maintenant qu'il n'en était rien.

Pourtant elle s'est répété les démonstrations du docteur Kuckart au moment où elle a refermé la porte de sa chambre dans la maison culturelle d'Irigoy. Elle s'est assise au bord du lit (les chambres étaient d'une simplicité monacale, grandes, vides, avec un lit pour une seule personne, du carrelage au sol et des murs crépis blancs, le lavabo et la douche étaient communs) et elle a mis son visage dans ses mains.

Puis elle s'est allongée et s'est dit, « Tu es à un endroit du monde où personne ne peut rien pour toi » – elle n'a peut-être pas pensé « pour toi » mais plutôt « contre toi ». Elle était dans une si grande confusion que, lorsqu'une bestiole a gratté au volet, elle a cru qu'un jeune dragon voulait entrer dans sa chambre. Elle s'est assoupie mais s'est presque aussitôt réveillée, elle a ouvert la fenêtre pour faire entrer le jeune dragon et il n'y avait que la nuit irigoyenne, si étoilée qu'elle en paraissait laiteuse, un liquide noir s'écoulant de ses blessures.

Alors elle est sortie de sa chambre et elle est allée frapper à la porte du lieutenant Taïbo.

La peau

Vida s'est dit que la première chose que l'on remarque chez quelqu'un qu'on voit nu pour la première fois, ou qu'on s'apprête à voir nu, c'est son odeur, vais-je m'habituer à cette odeur ? Et aurai-je d'ailleurs à m'y habituer ?

Taïbo sentait les cascades et les marécages, la mangrove et la roche rouge du désert, il sentait la selle des chevaux, il sentait Liberty Valance et la tristesse chilienne, il sentait les pays que l'on quitte et le cuir qui s'est patiné.

Il n'a pas paru surpris quand elle est arrivée dans sa chambre, la lumière était allumée, un abat-jour encore sous plastique posé sur la lampe de chevet et Vida s'est demandé si le plastique n'allait pas fondre, mais pourquoi donc avait-elle tant de pensées parasites à un moment aussi crucial, et lui il était en maillot de corps allongé sur le lit, il fumait, il était absent, ou alors il était vraiment là dans cette chambre de la maison culturelle d'Irigoy, ce drôle d'endroit abandonné qui ne servait qu'à donner bonne conscience à qui voulait avoir bonne conscience, il y avait ces étranges tapis pendus au mur, des tapis qu'on ne met qu'au sol, mais ainsi pendus au mur on avait l'impression d'un chamboulement des volumes, et Vida a eu envie de les arracher en entrant dans la chambre de Taïbo, elle voulait qu'ils reprennent la place qui était la leur, peut-être Taïbo était-il vraiment là, allongé sur ce lit, impossible de le certifier, cet homme avait la possibilité d'être tout près de vous et très loin à la fois, c'était une sorte de qualité mélancolique, de qualité tragique, son absence était palpable et douce, Vida aurait pu embrasser l'absence de cet homme, alors Taïbo s'est levé, il s'est levé pour l'accueillir, et c'était tout à fait cela, il l'accueillait et ce sont ses bras nus et secs et puissants qui l'ont accueillie, il est venu vers elle, il a fermé très posément la porte, et chacun de ses gestes était silencieux, Vida n'entendait que le bruissement de son sang à ses propres oreilles et elle était éblouie par la beauté de cet homme, par la justesse de cet homme, et il a parlé, mais ce devait être dans une langue qu'elle ne connaissait pas, elle n'a pas compris un mot de ce qu'il a prononcé, ça n'avait d'ailleurs aucune importance, dans ses rêves elle ne comprend jamais ce qu'on lui dit et elle peine à trouver des repères, mais là elle avait accepté de marcher dans la tourbe avec lui, il l'a prise dans ses bras et il a passé la main sous son chemisier, et sentir la main de cet homme sur sa peau était une chose inconnaissable et inadmissible, jamais aucun homme depuis Gustavo n'avait posé la main sur sa peau, elle s'est souvenue de s'être dit un jour, disons qu'il y avait de cela cinq ans, qu'elle ne connaîtrait plus un autre corps d'homme avant sa mort, elle y avait renoncé et elle s'était faite à cette idée parce qu'elle l'avait voulu ainsi, avait-elle toujours pensé, parce que c'était ainsi, il a chuchoté à son oreille et elle a compris qu'il disait qu'elle était très belle alors elle l'a laissé faire et il l'a soulevée, et elle était si pressée tout à coup de savoir à quoi il ressemblait nu, elle voulait voir son torse et son sexe et sa peau, et quelqu'un d'autre qu'elle, ou une certaine partie d'elle, celle qui se trouve toujours dans un coin du plafond et qui la regarde faire, ricanait et lui disait qu'elle ne serait pas fière le lendemain de tout cela, mais en attendant elle voulait juste ceci, la peau de cet homme, l'entièreté de sa peau, qu'aucun grain ne lui soit inconnu, il l'a soulevée et déposée sur le minuscule lit monacal et elle s'est dit, « Il ne faut pas qu'il me voie nue, il va me trouver si vieille », elle a voulu éteindre la lumière et il a retenu sa main, il a secoué la tête, il a dit, « Je veux te voir », il l'a déshabillée, et elle était incapable soudain de faire le moindre geste, elle était paralysée, elle ne voulait que la peau de cet homme dont elle ne savait rien, elle ne savait même pas s'il vivait avec une femme, il parlait si peu de lui, et sentir ses seins contre le torse de cet homme était déjà une chose magnifique et inquiétante et elle était presque prête à ce que cela fût suffisant pour cette soirée mais comme visiblement il n'avait aucune intention de s'arrêter là elle a fermé les yeux pour ne pas voir le démon dragon dans l'angle du plafond et depuis combien de temps n'avait-elle pas fait l'amour avec un homme, c'était une chose si simple, elle a rouvert les yeux et elle a cherché avidement sur le visage de l'homme sa propre nudité tandis qu'il cherchait la sienne ; cette avidité, cette maladresse ont fait place à l'étonnement de découvrir leur intimité dévoilée, ces gestes qu'on ne devinait pas, ces caresses amorcées qu'on ne soupçonnait pas chez l'autre, et il s'est remis à pleuvoir, elle a entendu la pluie qui tambourinait contre les volets et qui plicploquait au grenier pendant qu'elle était sous cet homme et que le sexe de cet homme dont elle était en train de devenir très amoureuse (ce sont ces histoires d'ocytocine et d'on ne sait quoi qui la rendaient si triste et aimante et tendre), pendant que le sexe de cet homme était en elle, elle se fichait de ce que le docteur Kuckart aurait dit (quelque chose comme, « Méfiez-vous de la passion amoureuse, cette maladie mentale »), elle voulait juste que cet homme la complétât et la soulevât, dramatiquement, qu'il pressât sa queue dans sa bouche, que sa nudité fût complète et augmentée, et depuis combien d'années n'avait-elle pas mis la queue d'un homme dans sa bouche, la peau si lisse et tendue, sa texture et son sel ?

La vie derrière soi

Le lendemain ils sont allés chez le père de Vida.

Quand elle s'était réveillée une phrase tournicotait dans son esprit, une phrase qui disait : « Le passé n'est pas une terre ferme. » Elle ne savait plus si elle l'avait entendue quelque part et, le cas échéant, à quel endroit. Était-ce plutôt le titre d'un livre, une remarque du docteur Kuckart ? Ça lui arrivait très souvent d'avoir une phrase en tête qu'elle traînait toute une journée et qui rythmait sa vie, c'était comme une mélodie têtue.

Alors que Taïbo se douchait, Vida s'était assise sur le lit et elle avait fermé avec lenteur les boutons de son chemisier. Elle était prise d'un accès de merveilleux chagrin (c'était sa complaisance coutumière à l'idée de perdre ce qui lui devenait précieux), elle avait pensé à son retour à Villanueva dans sa maison en or massif, elle s'était dit qu'elle aurait eu la chance de rencontrer Taïbo sur son chemin, qu'elle chérirait son souvenir comme un trésor, et qu'elle penserait à lui toujours et d'année en année de manière moins précise et plus nébuleuse, assise dans sa cuisine climatisée à regarder le miroitement de la baie au loin.

Elle lui avait crié à travers la cloison qu'elle allait voir son père, mais quand il avait reparu (et elle avait vu son visage altéré, différent) il avait dit, « Je t'accompagne ».

(La douceur de cet homme était si miraculeuse, chacun de ses gestes, chacune de ses paroles touchaient un endroit en elle qui était resté en friche, un endroit qu'elle s'étonnait et s'enivrait de ne pas retrouver totalement desséché.)

Ils étaient sortis et elle avait appelé Gustavo depuis le café de Juanito Calderon. Mais encore une fois elle était tombée sur sa secrétaire et c'était désagréable de devoir de nouveau lui laisser un message et de la faire pénétrer dans leur intimité – et aussi c'était comme si elle avait été une enfant qui appelle son père pour le prévenir qu'elle ne va pas rentrer tout de suite de chez ses amis, ce qui était une position légèrement humiliante. Je ne suis pas Paloma, avait pensé Vida, je ne suis pas la fille de Gustavo. Alors elle avait juste dit qu'elle le rappellerait.

— Ce sera tout ? avait demandé la secrétaire.

Et Vida s'était sentie projetée à la boucherie d'État quand le vendeur au tablier taché clôt la vente.

(Elle s'était souvenue d'avoir laissé entendre un jour à Gustavo, dans un éclat de rire qu'elle voulait le plus distancié possible, qu'il couchait peut-être avec sa secrétaire et il s'était tourné vers elle, il était en train d'attacher son nœud de cravate, et il l'avait regardée avec stupeur, « Ce serait trop vulgaire », avait-il rétorqué, comme si encore une fois il devait lui apprendre une élémentaire leçon de maintien.)

Puis Taïbo et elle étaient partis chez son père.

Le père de Vida, Miguel Gastorozu, avait toujours joué du luth dans la cabane derrière la maison – « côté désert », disait-il – mais ils l'ont trouvé chez lui, dans sa cuisine, nettoyant posément ses instruments avec des gestes dont la mesure et la lenteur étaient captivantes – on avait l'impression de regarder un reportage sur l'éclosion des tortues de mer.

Il leur a fait signe de s'asseoir comme s'il les avait vus la veille et qu'il connaissait déjà très bien le lieutenant Taïbo. Vida avait frappé à la porte mais comme il n'avait pas répondu, ils étaient entrés. La porte de la maison était ouverte parce qu'elles le sont toutes à Irigoy, l'usage des clés étant un des sujets de moquerie dont font l'objet les citadins. Il a dit :

— Sers-toi quelque chose à boire, Julia.

Et Vida s'est rendu compte que son père la prenait pour sa mère, sa défunte épouse. Il a continué :

— Vida est passée tout à l'heure, je crois qu'elle était avec son frère.

Il a cessé d'astiquer son luth :

— Je ne me souviens plus du nom de son frère. Raymondo ? Roberto ? Comment s'appelle notre fils Julia ?

Il a soupiré :

— Je me demande bien ce qu'ils peuvent traficoter ensemble.

Tout à coup Vida a eu peur qu'il prononçât quelque chose de désobligeant la concernant. Mais au fond son père avait toujours été un homme agréable, qui avait su rester dans les limites exclusives de son talent et n'avait jamais critiqué le faste et la calme improductivité dans lesquels elle s'était mise à vivre en épousant Gustavo.

Vida n'avait jamais eu de frère.

— Sers-moi une bière, Julia. Sans te déranger.

Vida s'est levée et elle a sorti trois bières du réfrigérateur.

Un vieux chien est arrivé lentement, on entendait ses griffes sur le carrelage, il paraissait près de déraper, il a posé sa tête sur la cuisse du père de Vida et l'a regardé avec des yeux humides en clignant des paupières comme s'il était enamouré ou épuisé, attendant qu'on lui caressât le crâne.

— Tu es un gentil chien, lui dit Miguel. Tu es un très très gentil chien, Miguel Gastorozu (c'est son propre nom qu'il a utilisé pour nommer le chien).

Le chien s'est mis à remuer la queue comme un métronome affaibli, sans bouger toutefois de la cuisse de Miguel.

Miguel a dit :

— J'aimerais bien nettoyer mes instruments dans la cabane.

Il a décapsulé sa bière :

— Mais je ne peux pas, il n'y a pas la place.

Il a haussé les épaules, plongé de nouveau dans sa mémoire fugitive. Et il est revenu à son instrument qu'il a continué de cirer avec un morceau de velours ; le velours semblait entre ses mains aussi précieux qu'un kimono de plusieurs siècles et son luth aussi vivant qu'une plante dont les mille cinq cents feuilles demanderaient à être nettoyées une à une et avec le plus grand soin pour éviter l'asphyxie.

Taïbo a dit qu'il voulait encore vérifier deux trois choses, qu'il laissait Vida là si elle le voulait bien et qu'il repasserait la prendre dans deux heures. Vida a acquiescé, même si elle ne voulait pas qu'il s'en allât sans elle ; elle a pensé qu'il allait repartir tout seul à Villanueva, déguerpir au plus vite de cette ville triste et la planter là avec son père atteint d'Alzheimer, occupée à lui rappeler qui elle était et à quoi servait une fourchette. C'était peut-être d'ailleurs le meilleur endroit pour attendre Paloma, c'était peut-être dans cette maison que Paloma viendrait si elle cherchait un endroit où se réfugier, dans l'hypothèse où son Adolfo l'aurait abandonnée, poussée de sa moto et abandonnée sur le bas-côté de la route, là où les eucalyptus produisent ce drôle de bruit sec qui fait toujours penser à un incendie.

Quand Taïbo est sorti (et qu'elle l'a regardé sortir comme si elle n'allait jamais le revoir, elle avait besoin d'enregistrer dans son cerveau la beauté de son dos, des muscles de son dos qu'on devinait à travers la minceur de sa chemise bleue), Vida s'est resservi une bière.

Comment dire qu'au fond, si Taïbo ne revenait jamais, cette cuisine ne lui apparaissait plus comme le pire endroit où être délaissée.

Vida est restée silencieuse auprès de son père.

Et totalement immobile.

Taïbo est revenu. La lumière déclinait comme si un orage allait éclater ou que Vida avait passé au moins une dizaine d'heures dans la cuisine auprès de son vieux père, dans la cuisine de sa vilaine grand-mère où rien n'avait été touché depuis la mort de celle-ci. Son père devait s'alimenter avec si peu de chose, ses poignets semblaient aussi fins et inexistants que des pattes d'hirondelle, il paraissait si maigre et transparent, comment pouvait-il vivre tout seul en ne sachant plus qui il était, une voisine venait chaque jour, mais cela pouvait-il suffire, les placards regorgeaient de paquets de chips et de canettes de bière comme s'il ne se nourrissait plus qu'ainsi, les accessoires de cuisine n'avaient pas bougé depuis des années, réduits à des concrétions calcaires posées sur le buffet.

Vida a embrassé son père, caressé le vieux chien et au moment de sortir elle l'a entendu dire :

— Il y a peut-être encore Vida dans la cabane.

Le silence

Dans la voiture Vida aurait aimé que Taïbo lui annonçât que finalement ils ne rentraient pas à Villanueva et qu'il l'emmenait dans le nord et au-delà de la frontière. Elle aurait voulu ne plus entendre parler d'Adolfo ni aussi sans doute de Paloma, lui reconnaissant par là son droit à disparaître puisque c'est ce qu'elle semblait avoir désiré si vivement. Dans la voiture elle aurait aimé qu'il lui dît qu'il ne leur serait pas donné deux vies, qu'il la pressât de l'accompagner et de ne pas le quitter. Dans la voiture elle aurait aimé qu'il la trouvât si vivante maintenant, si différente de celle qu'il avait rencontrée cette première fois, quand elle était outre-figée dans ses soieries et son désespoir et son isolement. Elle aurait aimé qu'il lui confirmât que tout cela n'avait pas été une fantaisie que leur avait autorisée ce très court voyage sur les terres désolées d'Irigoy. Comment savoir si ce qui compte tout à coup tant pour vous compte tout autant pour l'autre ? Elle aurait aimé qu'il la rassurât et lui promît que tout n'allait pas se retrouver exactement au même point qu'avant leur départ.

Mais il a juste dit :

— Je te raccompagne chez toi. Ça va aller ?

Ils n'ont pas parlé pendant la totalité du trajet. Vida était murée dans son silence. Il était devenu impossible pour elle de s'adresser à cet homme sans lui parler d'eux et elle savait que c'eût été une indécence, qu'elle pouvait seulement se permettre de poser des questions concernant sa fille ou Adolfo, et lui demander s'il avait recueilli des informations supplémentaires, où il pensait qu'ils étaient et ce qui les motivait à aller d'un endroit à l'autre ainsi, puisque c'était juste ce qu'elle avait réussi à tirer de Taïbo, le fait qu'ils fussent d'infatigables coucous, et quelle surprise de savoir que votre fille se glisse dans la peau de n'importe qui et jouit de ce plaisir étrange. Mais pourquoi au fond tout cela intéressait-il tant le lieutenant Taïbo, et qu'adviendrait-il d'Adolfo et de sa fille si on les retrouvait ou s'ils réapparaissaient ? Vida n'arrivait à poser aucune de ces questions. Elle ne faisait que regarder le soleil rougeoyer au bout de la route derrière les fermes de bandits et les aqueducs en mauvais état, rouillés et tout recouverts de vermine intérieur extérieur, elle ne pouvait que rester assise auprès de lui, le plus immobile possible, pour ne pas qu'il devinât quel genre de tragédie se jouait en elle, oh mon Dieu, elle ne pouvait pas rentrer chez elle comme ça et que les choses redevinssent ce qu'elles étaient précédemment, elle ne voulait pas renoncer à lui, elle préférait se pendre, mais n'était-ce pas une façon de se pendre que de vivre dans sa villa morte en attendant patiemment qu'une maladie incurable élût domicile dans ses entrailles. Le silence dans lequel ils ont fait tout ce chemin est devenu si palpable qu'il a pris une texture crayeuse, toute l'eau s'en était évaporée, il n'y avait plus qu'un fossile de silence, sec et dur et poussiéreux. Vida s'est dit, « Tout cela a si peu d'importance pour lui, comment ai-je donc pensé que cela pourrait en avoir ». Elle avait envie de se frapper le visage et de se griffer mais c'eût été sortir de son immobilité. Elle l'a regardé et, même si elle savait qu'il était plus jeune qu'elle, il lui est apparu comme un être complet et formé ; une autorité placide se dégageait de lui. Vida a collé son front contre la vitre, elle l'a fait si lentement qu'un observateur attentif aurait à peine remarqué son mouvement, et elle a souhaité qu'ils eussent un accident.

Il l'a déposée devant sa villa. Et au moment où elle est descendue de la voiture, il a pris sa main, la retenant un instant, se penchant pour ne pas la lâcher et il a scruté son visage comme s'il tentait d'en mémoriser le moindre détail, ses yeux sont passés sur les yeux de Vida, son front et sa bouche, il a dit quelque chose mais Vida n'a pas compris, elle avait envie de pleurer, depuis combien de temps n'avait-elle pas eu cette envie de pleurer si particulière qui pique le nez comme si vous sentiez quelque chose de fort et mentholé, qui rend l'arrière-gorge si douloureuse et empêche d'entendre ce qu'on vous dit. Puis il a lâché la main de Vida. « Je te tiens au courant », a-t-il prononcé. Et même si c'était une promesse qui n'en était pas une et qui ne disait rien de ce que seraient leurs relations futures, Vida l'a perçue comme un serment, elle a souhaité qu'il le lui jurât, qu'il s'y engageât un genou dans la poussière. Mais il a juste démarré. Et elle a ouvert la grille et remonté l'allée jusque chez elle.

Gustavo était dans le salon, et Arantxa lui a fait signe depuis la cuisine qu'il n'était pas tout seul, Vida a voulu monter dans sa chambre mais il l'a appelée, « Chérie », a-t-elle entendu, « Chérie », alors elle est venue, il y avait un type qui buvait du cognac avec Gustavo (Gustavo sort ses cognacs multimillénaires quand il reçoit des invités de marque). Son mari a soulevé les sourcils quand il l'a vue en habits de jardinage (jean et chemise à carreaux sont des habits de jardinage selon lui), mais il a aussitôt repris une contenance comme si elle était sa très chère épouse un brin excentrique et il a dit avec désinvolture, en lui souriant, « C'est à cette heure-ci que tu rentres ? ». Et l'homme – son collègue, son hôte de marque, son concurrent – a ri comme si c'était une très bonne blague.

Vida a salué l'homme et dit qu'elle montait se changer. Mais elle n'est pas redescendue, elle s'est endormie dès qu'elle a atteint sa chambre, épuisée tout à coup, brutalement épuisée, si seule, si vaine et inamendable.

III

PALOMA
De 1987 à 1998

Survivre à son enfance

Si Vida avait pu s'inviter dans le cerveau aux repères volatils de son père, elle aurait pu savoir que Paloma était bien venue le voir quelques semaines auparavant et que le garçon qui était avec elle n'était pas son frère puisque frère elle n'avait mais qu'il s'agissait du bel Adolfo, le bel Adolfo qui avait érigé tant de barrières autour de lui à l'époque où il habitait avec son père qu'il était devenu ce garçon persuasif et intelligent (n'avait-il pas dit, « Je suis le frère de Paloma », et Miguel Gastorozu l'avait regardé, il avait cherché dans sa mémoire effilochée et s'était accordé à lui trouver un air de famille avec Paloma), intelligent, disions-nous, mais d'une intelligence inadaptée. Car en réalité il n'arrivait pas à s'imaginer faire autre chose de sa vie qu'habiter dans les maisons des inconnus dont il voyait les dates de vacances inscrites en rouge sur les calendriers aimantés des frigos. Ce qui lui permettait de déguerpir avant qu'ils ne reviennent, remarquez bien, et ensuite il s'amusait à retourner chez eux en se faisant passer pour un jardinier, un homme à tout faire, un aide de camp.

L'étrange coucou que c'était. Qui avait choisi de se civiliser (jusqu'à un certain point), mû par le désir de *séduire* tout un chacun, de répondre à l'attente, de s'infiltrer partout, dans tous les milieux et de regarder le monde à travers les yeux de ceux qui n'avaient rien vu de ce que lui-même avait vu. N'est-ce pas toujours ainsi qu'il opérait ?

Paloma avait rendu visite à son grand-père puisque Adolfo avait décidé d'aller chercher son frère Eguzki et qu'Irigoy était leur ville à tous les deux, quel plaisir de savoir que l'on vient du même limon, quelle familiarité, quel soulagement. Paloma aimait beaucoup ce grand-père même si son père ne l'avait jamais trouvé à la hauteur, les joueurs de luth dans les fanfares locales étant des personnes qui échappaient totalement au système de valeurs de son père. Mais qui n'y échappait pas ? Si ce n'étaient les hommes habillés en skipper, mains dans les poches de leur pantalon à pinces, chaussures confortables à huit mille dollars, semelles hévéa naturel, qui parlaient anglais pour ne pas parler espagnol.

Paloma avait demandé à son grand-père de les héberger une nuit ou deux parce que Adolfo voulait tenter encore une fois de convaincre Eguzki de quitter la maison paternelle.

C'était devenu impossible pour Adolfo de laisser son frère dans l'entourage immédiat de leur vieux salopard de père. Paloma se doutait qu'il ne quitterait pas Irigoy sans son frère.

Et c'est cela qui rendait Paloma si follement amoureuse de lui, il lui semblait, malgré les différences de leurs deux enfances, toujours l'avoir connu. Elle devinait qui il était, quel genre d'homme il était et elle savait que son propre trajet la menait tout droit à un homme comme lui. Elle avait eu l'impression en le rencontrant d'enfin rendre justice à la fillette qui était en elle. Ou bien même de se choisir un kidnappeur.

La beauté révolue de nos mères

Si on commence par le début des débuts Paloma n'était qu'une minuscule créature vagissante et rougeaude dans les bras de sa mère. Des photos en attestent. On lui disait, « C'est toi sur cette photo », et elle pensait, « Bon, s'ils l'affirment », mais elle ne pouvait s'empêcher d'avoir des doutes : c'était si surprenant que cette petite chose fût elle.

En revanche elle reconnaissait bien Vida sur les photos, ses cheveux longs et blonds et lisses et son sourire de madone ou de médaillée d'or. Sa mère était très belle, mais tout un chacun ne trouve-t-il pas incommensurablement belle sa mère sur les clichés qui datent de l'âge de pierre ? N'importe qui exhibe des portraits de sa mère et prend à témoin le reste du monde en déclarant, « C'est ma mère, elle était très belle, n'est-ce pas ? ». Puis ce n'importe qui vous scrute pour s'assurer que vous n'allez pas oser faire la moindre remarque désobligeante, mais Dieu sait que vous n'oseriez pas, puisqu'il vient de se transformer en tigre prêt à bondir et à vous écharper, alors vous pourriez lever un sourcil très modérément dubitatif, mais même cela vous vous en abstenez, vous sentez qu'il s'agit d'un sujet délicat, la beauté révolue de nos mères.

Tout ce que vous voyez sur cette photo c'est une femme habillée avec des vêtements orange en Tergal ou une quelconque matière inflammable qui transformerait sa détentrice en torche vivante, et cette femme habillée en orange est une femme normale de vingt ou trente ans et il est vrai qu'elle est beaucoup plus belle que celle qu'elle est devenue, alors c'est peut-être cela que chacun essaie de dire sans dire, « Regarde comme ma mère était mieux *avant* ».

En tout cas, Vida, sur les photos, portait cette chevelure blonde et lisse en bandeaux, elle regardait l'objectif de Gustavo de ses yeux presque transparents, Paloma était dans ses bras et elles étaient dans la cuisine de leur maison, dans l'herbe, sur la plage, chez des amis, et Paloma ne la quittait pas du regard, elle avait l'air fascinée par son visage, encordée à ce visage, à ces sourcils si clairs, si peu irigoyens, et à l'intense délicatesse de ses traits, toutes choses qui avaient en leur temps tourné la tête de Gustavo et qui apparemment captivaient la minuscule personne que Paloma était.

Paloma est devenue par la suite une créature maigrelette que l'on voit sur certaines de ces photos en train de lire des livres à l'envers, ou de marcher sur le sable les bras à l'horizontale et les jambes écartées. Sans doute pour garder un équilibre encore précaire. Mais la chose lui confère une démarche de mort vivant, de zombie tout droit sorti de sa tombe pour aller terrifier les habitants d'une ville tranquille et sans histoires.

En plus, sur ces photos, elle est chauve.

Il semble que ses cheveux n'aient poussé que vers quatre ans. Ce qui explique l'ingéniosité de Vida à lui couvrir le chef de toutes sortes de chapeaux et de foulards. Sur les photos, on voit souvent Vida en arrière-plan, on voit ses jambes ou bien elle tout entière si elle a pensé à s'accroupir. Elle est floue mais elle est là.

Il y a très peu de clichés de Paloma avec son père. Il n'avait certainement pas envie de mettre son appareil rapporté d'Allemagne entre les mains de n'importe qui (Vida par exemple), ou alors Vida, comme d'habitude, reine de l'auto-dénigrement, avait décrété que non non non elle ne saurait jamais se servir d'un appareil aussi sophistiqué (souvenez-vous de la complexité des Polaroid, clic j'appuie, clac ça sort).

Les quelques photos où l'on voit Gustavo ne sont pas sans intérêt. Il a un visage de beau gosse international (c'est une expression de Paloma), on devine qu'il fait partie de ces hommes qui font cliqueter leurs clés ou leur monnaie dans leur poche de pantalon, il porte des polos blancs de tennisman, avec brodé sur la poitrine le nom d'universités américaines que personne ne connaît à Villanueva et que personne d'ailleurs n'arriverait à prononcer.

Paloma a passé sa prime enfance (avant ses huit ans, avant qu'elle ne décide de ne plus l'appeler papa mais Gustavo) à le trouver très beau, à affirmer à ses copines qu'il aurait dû être acteur de cinéma mais que les aléas de la vie avaient fait que, et à le suivre comme un chiot en espérant qu'elle aussi il finirait bien par l'épouser comme maman.

Il y a une photo où Gustavo porte Paloma dans ses bras, elle est toute petite, si petite qu'on dirait qu'elle n'est pas à la même échelle que lui, il rit avec des dents parfaites, Paloma a l'air d'être si proche de Dieu qu'elle va peut-être tomber en pâmoison, elle le regarde aussi intensément qu'il regarde l'objectif, on dirait qu'elle essaie de percer le secret de cette belle aisance et de ce charme absolu. Elle est vêtue d'une robe à flamants roses (c'était sa robe préférée, elle dormait même avec quand Arantxa l'y autorisait) et un turban bizarre sur la tête. Gustavo ressemble à un bel homme très occupé et très généreux qui passe ses samedis après-midi au pavillon des cancéreux avec les enfants malades.

Quand les cheveux de Paloma ont enfin daigné pousser (et qu'ils se sont révélés aussi blonds et lisses que ceux de Vida) sa mère s'est mise à les lui coiffer en répétant inlassablement, « On dirait des *plumes* ».

Elle avait pour Paloma une liste de noms animaliers qui s'allongeait chaque jour au gré de sa fantaisie et de l'exaspération de Gustavo – il lui répétait, « Je te rappelle que son prénom est Paloma ce qui est déjà un nom d'animal ».

Vida l'appelait généralement sa mésange, sa gazelle, sa girafe des steppes, son otarie bleue, son boa constrictor, sa baleine, sa springbok, son ragondin de la brousse, sa crevette rose, son caribou et son abeille. C'était peut-être une manie irigoyenne, quelque chose qui ne se fait que dans ces contrées : tant que l'enfant n'a pas atteint la puberté il est encore un animal et puis la fille a ses règles, le garçon commence à voir pousser du poil dru et noir au-dessus de ses lèvres tandis que sa voix s'éraille, et le spécimen mâle ou femelle se transforme en un pur produit irigoyen. Vida n'osait pas raconter à Paloma les légendes qui couraient sur cette partie du monde mais Paloma savait bien qu'on appelait (ou avait appelé) ses habitants les hommes chiens. Ces histoires de coyotes croisés avec des humains empêchaient sans doute Gustavo de prendre avec la décontraction nécessaire la liste des noms d'animaux dont Vida affublait leur fille.

Les filles de Villanueva

Paloma et Chili se sont rencontrées à l'école Santa Teresa de Sonora. Elles ont à l'époque dix ans – deux ans après que Paloma a décidé de ne plus appeler son père et sa mère que par leur prénom, six ans avant la mort de Chili, dix ans avant la rencontre de Paloma et d'Adolfo.

Elles ont l'impression de se retrouver. Comme si elles avaient fait un long voyage amnésique et qu'enfin une berge accueillante se dessinait. Ou du moins c'est ainsi que Paloma voit la chose. De son côté Chili est simplement prête à s'investir dans une relation ultrafusionnelle, je suis toi, tu es moi, avec une merveilleuse créature comme Paloma.

En 1987, Chili mesure un mètre trente et Paloma déjà un mètre soixante, elle pèse dix kilos de plus que Paloma et arbore d'étranges genoux mous qui ressemblent à deux poches de sérum physiologique.

(Gustavo avait rapporté un jour de l'hôpital un sac de liquide translucide, il l'avait posé sur la table du salon pour faire deviner à Vida et Paloma de quoi il s'agissait, mais elles avaient toutes deux déclaré forfait, et il leur avait appris que c'était un sein artificiel, il riait comme un vainqueur, les yeux pétillants d'une malice bizarrement grivoise, ce père qui ne prononçait jamais le mot « sein » ni le mot « fesse » dans leur maison, Paloma s'était dit, « Il a bu ».)

Chili s'appelle Chili mais bien avant de rencontrer Paloma elle s'appelait Guadalupe. Quand elle était toute petite elle mangeait tellement de chili con carne qu'un jour sa mère proposa d'organiser un concours lors d'une kermesse. Sa mère s'occupait à l'époque des animations de la kermesse de leur quartier et elle avait pensé que cette compétition était une très bonne idée. D'abord parce qu'un stand où l'on concourrait pour manger le plus de chili serait une animation nouvelle et drôle qui attirerait du monde, ensuite parce qu'elle savait parfaitement que sa fille serait la meilleure, elle gagnerait, elle serait portée en triomphe et cette apothéose ferait un bien fou à son *ego* (qui parfois ne se satisfaisait pas d'être abrité dans le corps d'une jeune sardine bien grasse). Mais la petite Guadalupe s'était tant empiffrée ce jour-là, avec tous ses camarades qui l'encourageaient et elle qui vivait vraiment son grand soir, qu'elle avait fini par perdre connaissance. Elle était tombée raide de sa chaise. Tout le monde s'était approché car on l'avait crue morte et puis tout le monde s'était écarté quand elle s'était répandue en vomissements et diarrhée. Son père était arrivé, il avait évalué la situation, et réagi avec prudence et discernement, il l'avait soulevée pour la balancer dans une brouette et puis il l'avait ramenée à la maison, toute pantelante, toute gémissante, toute odorante, toute dégueulasse.

Depuis cet après-midi remarquable, Guadalupe avait abandonné le chili con carne. Mais cette kermesse et son bouquet final avaient marqué l'entourage de la fillette à tel point qu'après personne ne l'a jamais plus appelée autrement que Chili. Au début sa mère aurait voulu que tout le monde oublie ce moment sensible qui avait mis à mal la dignité de sa fille mais la petite Guadalupe semblait se satisfaire elle-même de ce surnom singulier qui lui valait une célébrité méritée et persistante – et Chili n'aurait jamais renoncé à une once de célébrité même si celle-ci était circonscrite à leur pâté de maisons et à son école primaire.

À dix ans, Chili a les cheveux aussi noirs que Paloma les a blonds, elle aime les sodas multicolores et toutes sortes de ragoûts, tandis que Paloma a décidé de ne plus jamais manger de viande et qu'elle soupçonne le sucre des pires méfaits. Paloma fait de la course à pied après l'école, ce qui lui permet d'être au fait des nourritures assassines et des résidus toxiques, elle en débat avec Chili qui l'écoute en mâchant des chewing-gums violets diffusant une odeur de désinfectant pour moquettes. Chili approuve ce que lui dit Paloma parce qu'il est impossible de ne pas approuver ce que dit Paloma. Mais elle ne change en rien son audacieux régime alimentaire (basé sur les arômes artificiels et les plats en sauce).

Chili porte donc des maillots une pièce et Paloma de microscopiques machins turquoise (que Vida lui achète avec le plaisir des mères de gamines à longues jambes).

À part ces dissemblances spectaculaires, Chili et Paloma s'entendent en tout point.

Elles ont leurs règles la même semaine et elles se promettent d'avoir leurs premiers rapports sexuels le même jour. Elles se voient quotidiennement à l'école mais elles s'écrivent quand même, Chili glisse dans des enveloppes à l'intention de son amie des magazines avec des chanteurs adolescents gominés bambino (Gustavo détesterait que Paloma lise ce genre de littérature, Vida a interdiction de lui en acheter), des cassettes de groupes anglo-saxons qu'elle enregistre elle-même directement à la radio en captant des fréquences américaines (alors on entend les paroles édifiantes des animateurs par-dessus la musique), et elle lui écrit de longues lettres pleines d'aventures délirantes en bonne mythomane de douze ans qu'elle est.

Chili et Paloma se répètent continuellement qu'elles sont sœurs, c'est impossible autrement, il leur arrive tant de fois de dire la même chose au même moment (leurs sujets de conversation sont au fond très peu étendus et cela peut expliquer leurs coïncidences de paroles mais cette donnée objective ne les perturbe en rien, elles ne pensent qu'à s'extasier sur leurs similitudes). Comme Chili ne s'entend pas avec sa propre sœur Angela et que Paloma est fille unique (« Je suis une fille *unique* », se dit parfois Paloma), se choisir une sœur de cœur est la moindre des choses.

Elles formulent un vœu à chaque fois qu'elles prononcent le même mot en même temps, elles en deviennent presque hystériques, se criant mutuellement, « Fais un vœu, fais un vœu », puis elles se calment, concentrées sur le vœu, et ferment les yeux, le vœu en question bien entendu parle de cette virginité dont elles rêvent de se débarrasser, et de leur avenir : Chili veut devenir chanteuse et aller de ville en ville dans une caravane chromée et Paloma veut devenir une star de cinéma (en fait elle voudrait écrire des livres et ne jamais dormir, entrelacer sommeil profond et écriture, mais elle n'ose même pas énoncer mentalement ce vœu, il n'est pas à sa mesure, il paraîtrait presque plus acceptable de souhaiter gagner le marathon de Villanueva à cloche-pied que de penser pouvoir exiger cela d'elle-même et de sa minuscule tête sauvage à longues jambes). À un moment les vœux de Paloma seront tous dédiés à Chili, elle restera assise près de son amie quand elle ira la voir à l'hôpital et elle implorera muettement, « Faites qu'elle meure pas, faites qu'elle meure pas », mais sa prière ne sera entendue de personne, les prières ne sont jamais entendues de personne, elles errent dans un grand désert gris et cendreux que le vent balaie sans jamais s'interrompre, et elles ne sortent jamais des ténèbres.

Dans le monde moderne

Le jour des quatorze ans de Paloma, Chili est entrée en chimio à l'hôpital bleu de Villanueva. Elle n'a donc pas pu assister à l'anniversaire encore raté de Paloma. Un anniversaire où il n'y avait que des adultes et pas un seul enfant, où les boissons servies étaient alcoolisées, les glaces au café et les gâteaux aromatisés au rhum. Tout est immobile pendant les anniversaires de Paloma. À part Vida qui virevolte d'un invité à l'autre, habillée de longs voiles parme, riant et cliquetant comme si elle avait bu ou qu'elle ne voulait surtout pas remarquer le visage mort de sa fille assise dans le fauteuil à bascule en résine moulée qui grince dans un coin de la pièce.

Paloma, le jour de ses quatorze ans, n'a qu'une envie : se sauver pour aller voir Chili à l'hôpital, lui apporter des sodas qui piquent la gorge et la surveiller pour ne pas qu'elle disparaisse.

Chili a demandé à Paloma de lui trouver un foulard rouge à pois blancs. Pour mettre sur son crâne. Et penser à ce foulard rouge à pois blancs peut plonger Paloma dans une tristesse sans fond, une tristesse qui ressemble à un cratère de météorite devenu lac insondable (il y en a un à quelques kilomètres de chez son grand-père à Irigoy).

À partir de ce soir-là, Paloma passe une bonne partie de son temps à discuter business avec le ciel, elle négocie et monnaye la maladie de son amie ; elle propose un an de sa vie contre la guérison de Chili, elle va jusqu'à troquer, pour une rémission, un an de la vie de sa mère ou cinq de celle de son père. Elle se renseigne sur tout ce qui concerne les leucémies, les traitements lourds, les médecines magiques, elle entend un jour Vida dire à Gustavo, « Il ne faudrait pas que ça tourne à l'obsession », comme si la question se posait, comme si on pouvait mettre en balance une inoffensive idée fixe et le grand malheur mortel de son amie. Paloma regarde des heures entières des cartes d'Ottawa et elle apprend les rues par cœur, elle recopie les plans de la ville et elle s'y repère comme si elle était née là-bas. Son rêve c'est d'y emmener Chili. Pour elle c'est la ville du futur, la ville de Cronenberg et du progrès cybernétique, en fait son rêve c'est surtout de quitter Villanueva, elle n'en peut plus de la chaleur et de la végétation du coin, les cactus, les palmiers, le bord de mer, comment vivre une tragédie dans un coin du monde comme celui-ci, Paloma se sent coincée en plein Moyen Âge, elle voudrait vivre la maladie de son amie loin du beach-volley et des maillots fluo. Elle emmènera Chili à Ottawa dans le grand froid des froids et on découvrira là-bas un nouveau protocole pour la guérir (le père et la mère de Chili parlent tout le temps de protocole, et pour Paloma, avant que ça ne devienne le mot spécial cancer, c'était un mot qui lui évoquait l'armée, les généraux en bleu marine, et les soldats tirés à quatre épingles) parce que, évidemment, dans la ville du futur toute brillante comme une lame d'acier il y aura des hôpitaux adéquats et le nec plus ultra des médecins de la planète.

À la vie à la mort

Paloma va voir son amie à l'hôpital presque tous les soirs. Elle prend le bus après l'entraînement ou bien Vida la dépose. En général quand Paloma pousse la porte de la chambre de Chili, elle voit en premier la mère de celle-ci qui lit, assise dans le fauteuil orange marronnasse couleur vomi de carottes, près de la fenêtre, elle lit tout haut le programme de télé alors qu'il n'y a pas de télé dans la chambre de Chili. Parfois elle s'enthousiasme à propos d'une émission qu'elle regardera le soir même et le lendemain elle raconte l'émission ou le film qu'elle a vu à Chili. Ses narrations sont longues, alambiquées, pleines de repentirs, on dirait une enfant qui raconterait son rêve. Chili finit toujours par s'endormir en écoutant sa mère.

Quelques semaines après le début de l'hospitalisation de Chili, sa mère découvre les médecines douces. Comme elle confond les médecines douces et la magie, elle accroche des grigris dans la chambre de sa fille (il y en a pour capter les énergies, d'autres pour éloigner les mauvaises ondes, et certains luttent tout simplement contre les puissances des ténèbres) ; elle apporte des seaux emplis de chou bouilli qui macère dans de la bière ou du lait, c'est selon, et avec les feuilles elle concocte des cataplasmes au grand dam des infirmières qui l'appellent « la folledingue », Paloma les a entendues, quand elle les croise dans le couloir.

Paloma aime bien la mère de Chili.

Celle-ci apporte à chaque visite des magazines de variétés qu'elle achète à la boutique dans le hall de l'hôpital et puis des mots croisés. Chili dit que les mots croisés lui donnent mal à la tête. Mais sa mère insiste, elle est persuadée que Chili doit faire marcher ses neurones pour ne pas perdre pied et puis c'est toujours un moment paisible quand elles sont toutes les trois, Chili, sa mère et Paloma à réfléchir à propos des définitions que Paloma lit à haute voix. C'est toujours Paloma qui lit et c'est toujours elle qui écrit les mots dans les cases, elle adore voir ses capitales dans les cases, elle éprouve un immense plaisir ou une sorte de soulagement comme si elle rangeait des objets miniatures dans des boîtes.

Chili n'a plus de cheveux, alors souvent, Paloma pose sa tête sur le drap à côté de la main de son amie parce que Chili aime caresser les cheveux de Paloma, c'est comme si elle essayait de se rappeler à quoi ressemblait la texture d'un crâne chevelu. Elles partagent une sorte de tendresse spéciale depuis l'hospitalisation de Chili. La mère de Chili les regarde et parfois elle sort dans le couloir et on l'entend pleurer, elle s'éloigne de la porte mais elle a le chagrin bruyant. Chili extrait alors ses jambes de sous ses draps et les compare à celles de Paloma. Elle dit que celles de Paloma sont magnifiques. Et c'est vrai. On peut voir ses rotules et les filaments qui tiennent ses muscles, ses poils sont blonds et sa peau est dorée. Elle brille comme si on l'avait recouverte de minuscules paillettes d'or. On a presque l'impression qu'elle crépite. Chili dit :

— Et en plus tu as des yeux à se taper le cul par terre.

Elles rient et Chili n'est pas un seul instant jalouse de son amie, comment être jalouse de la princesse du conte, Chili n'est pas jolie, elle porte des tee-shirts XXL et elle est très malade mais elle se plaît dans la proximité fidèle de son amie. Elle dit toujours :

— Il y a un peu de toi en moi et vice versa.

Puis le père de Chili arrive directement de son travail (il a une modeste entreprise de travaux publics et il débarque en général avec les cheveux pleins de plâtre), il vient seul ou parfois accompagné d'Angela la sœur aînée de Chili. Il reste dix minutes debout à côté du lit de sa fille, picorant son plateau repas en parlant sans arrêt de la politique du gouvernement, de l'état des routes, de l'immigration clandestine et de la météo du lendemain. Il ramène Paloma chez elle mais avant cela ils font toujours une pause chez le meilleur glacier de tout Villanueva ; le père de Chili fait partie de ces gens qui pensent que manger des glaces en plein hiver est un luxe, qui plus est dans un restaurant de ce type, avec des juke-boxes et des banquettes en skaï rouge et du rock'n'roll, back to the sixties, il a envie de faire ce cadeau à Paloma. Quand Angela est là, elle fait souvent la gueule, installée à un bout de la banquette, mais ça n'a pas beaucoup d'importance.

Elle s'habille en noir et porte un rouge à lèvres violet foncé. Elle a l'air absente mais elle est sans doute simplement accablée. Paloma est bien avec eux. Le père de Chili est très rassurant, il est convaincu que sa fille va guérir, il dit qu'elle est solide, il répète à Paloma, « Parles-en à ton père qui est de la partie, il te le dira, y a pas de danger ». Mais Paloma a peur de perdre son amie et rien ne peut amoindrir cette peur, ni les tours de stade qu'elle s'impose, ni les prières, ni le chou bouilli, ni les promesses à la vie à la mort, ni les médicaments qui luttent et jouent des coudes dans le corps de Chili.

Mon chagrin

Un jour, Paloma rentre à la maison, son sac de sport sur l'épaule, pestant contre la climatisation de son père qui lui glace la sueur sur le dos, se dépêchant parce qu'elle veut attraper le bus pour aller à l'hôpital, se débarrassant de ses affaires au milieu de l'entrée, ce qui fera hurler Arantxa, prenant le paquet de bonbons dans le tiroir du vide-poches chromé près de l'escalier, le fourrant dans son sac, se regardant en passant dans le miroir et faisant une légère moue, comme toujours quand elle chope son reflet, parce que sa bouche ne lui semble jamais assez pulpeuse. Chili est mal en point depuis quelques jours. Paloma se sent épuisée mais ce n'est rien comparé à l'état de son amie, ne cesse-t-elle de se répéter. Elle va à la cuisine boire son jus de goyave préparé par Arantxa et la maison est aussi silencieuse qu'un tombeau, son jus n'est pas prêt sur la table ni sa galette de maïs à côté, Paloma est d'abord agacée puis inquiète, elle jette un œil par la fenêtre et elle ne voit rien, rien qui l'intéresse, sa mère n'est pas dans sa jungle domestiquée à couper, bouturer ou déterrer. Alors elle monte à l'étage, il n'y a personne, elle frappe à la porte de la chambre de sa mère et elle la trouve couchée, un masque bleu pour avion sur les yeux, elle est tellement immobile que Paloma pense tout de suite qu'elle a trop pris de ces médicaments que le docteur Kuckart distribue à l'envi, elle secoue sa mère qui se redresse brutalement, elle soulève son masque, regarde Paloma comme si elle était transparente, un objet en verre coloré à la forme plaisante mais difficilement reconnaissable, elle a un air de détresse et puis elle dit, « Chili est morte ». Et quand elle dit, « Chili est morte », ce sont non seulement les jambes de Paloma qui défaillent mais son cœur et sa tête et ses veines qui ne charrient plus rien pendant un instant, son corps n'est tout à coup plus du tout innervé, elle s'affaisse et sa mère la contemple, elle ne sait depuis son lit quoi faire du chagrin de sa fille sinon le partager, arborer un masque bleu de long-courrier et gémir à côté de Paloma.

Un caparaçon pailleté
et presque transparent

Au début Paloma fait simplement comme si ce n'était pas vrai. Tant qu'elle fera comme si Chili était vivante, alors celle-ci sera vivante. Sa mort ne deviendra qu'une sorte de banale distorsion lumineuse. Paloma retourne à l'hôpital une fois par semaine. Elle s'installe tous les samedis après-midi dans le couloir du 6ᵉ étage service cancérologie ; elle semble attendre que les infirmières en aient fini avec les soins de Chili. Elle attend, serrant contre son estomac un jeu de dames ou un journal de mots croisés ou bien une trousse de maquillage avec des rouges à lèvres ultrabrillants. Puis elle repart au bout de deux heures, le père de Chili passe la chercher, elle dit, « C'est bon, elle s'est endormie », faisant avec lui le chemin jusqu'à la colline Dollars dans sa Lada de toujours. La mère de Chili est si bouleversée par sa propre douleur qu'elle ne quitte plus son lit, Angela, la sœur de Chili, porte une résille noire dans les cheveux et n'écoute plus que du heavy metal, le père de Chili, quant à lui, paraît rassuré par le chagrin de Paloma. Il pleure sans cesse, c'est-à-dire qu'il s'accommode de ses larmes comme s'il s'agissait d'une allergie saisonnière, il pleure quand il parle, il pleure quand il prépare le petit déjeuner pour Angela, quand il accompagne Paloma en voiture, quand il mange, ou quand il parle à ses ouvriers, il ne sanglote pas, c'est juste que les larmes coulent sans discontinuer de ses yeux. Personne ne lui fait de remarques, on lui passe éventuellement un mouchoir en papier mais tout le monde a plutôt l'air de considérer qu'il est frappé d'une sévère conjonctivite, ce qui évite à chacun de discuter de son immense affliction.

Alors il parle avec Paloma de sa fille comme si Paloma connaissait un endroit où toutes deux vont encore s'asseoir pour deviser, s'enthousiasmer, dire du mal des adultes, imaginer des fugues, saigner du nez et battre la mesure chacune un écouteur dans une oreille.

Paloma arrête un jour de se rendre à l'hôpital, mais elle continue de voir le père de Chili chez leur glacier, il lui donne rendez-vous le samedi après-midi et ils mangent des glaces pastèque pistache parce que Chili mangeait des glaces pastèque pistache, aucun d'eux n'aime ces parfums mais ce serait impossible de commander autre chose. Tous les deux assis sur les banquettes en skaï qui collent aux cuisses en été, ils parlent peu. Parfois le père de Chili raconte un souvenir d'enfance de sa fille, ce sont en général les mêmes souvenirs qu'il ressasse comme s'il en avait un réservoir à la capacité très limitée, Paloma hoche la tête mais ne l'interrompt jamais, il parle en pleurant, il pleure dans son sorbet et dans le verre d'eau pétillante qu'on lui apporte systématiquement avec sa coupe de glace, et puis ils se serrent la main, quelquefois il la prend dans ses bras et lui tapote le dos et elle sent son épaule qui se mouille des larmes du père de Chili qui jamais ne cessent et ensuite elle part à l'entraînement, elle lui fait signe à travers la vitrine du glacier envahie de néons qui clignotent, à chaque fois il reste un peu plus longtemps qu'elle, il fait semblant de finir sa glace, alors qu'elle est déjà complètement fondue et n'est plus qu'un souvenir de glace, il dit, « Je reste encore un peu », et quand Paloma s'en va, elle se retourne jusqu'au bout de la rue pour vérifier si elle aperçoit toujours sa silhouette à travers la vitrine, il est possible qu'elle ait parfois peur que le père de Chili ne se tue, qu'il ne choisisse de fermer les yeux au volant de sa Lada et ne se prenne un palmier, si bien qu'elle tient bon avec leurs rendez-vous, elle doit avoir l'impression qu'il faut le surveiller, ne pas le lâcher complètement. Et puis un jour il lui annonce qu'ils vont déménager, lui, sa femme et Angela, qu'ils retournent vivre dans son village, de toute façon il n'arrive plus à travailler, il va retourner vendre des gouttières dans son village, c'est ce que son père faisait, fabriquer et vendre des gouttières, alors ils se disent au revoir, ils promettent de se téléphoner et Paloma rentre chez elle.

Elle n'appellera jamais le père de Chili, elle va, pendant les quelques années qui précéderont l'arrivée d'Adolfo, afin de préserver sa tranquillité et de continuer à gratter délicatement chacune de ses cicatrices, refuser d'aller voir le docteur Kuckart, s'entraîner avec toujours plus d'acharnement et refermer une à une toutes les portes qui mènent jusqu'à elle.

Les yeux verts

Vida fait comme si la vie pouvait reprendre un cours normal et c'est une chose inadmissible pour Paloma.

Celle-ci connaît des périodes d'enthousiasme (comme toutes les très jeunes filles, n'est-ce pas, qui sentent gonfler dans leur poitrine les promesses des événements à venir) et d'intense abattement. Vida essaie de la convaincre qu'il s'agit de mouvements hormonaux et du même coup elle tâche de lui refiler ses affreux suppléments en métaux lourds et ses vitamines du bonheur, Vida souhaite sans doute créer un nouveau pont entre elles, mais sa sollicitude exaspère Paloma, elle a l'impression que sa mère veut l'enfermer dans un carcan et se limiter à lui promettre un genre de vie identique à celui qu'elle mène elle-même (et elle fait ça avec un gentil sourire de martyre qui glace les organes internes de sa fille).

La relation de Paloma avec son père se modifie ; il est de moins en moins à l'aise avec elle depuis qu'elle a des seins, il évite de la toucher et maintient une distance de sécurité entre eux, s'écartant avec prudence de son chemin quand il s'aperçoit qu'elle descend l'escalier et qu'il s'apprête à le monter, disant très fort en s'effaçant pour la laisser passer, « Je t'en prie je t'en prie je t'en prie ». Il ne la présente plus à tout un chacun comme si elle était l'une des plus sublimes merveilles du monde. Il paraît se demander quelle attitude adopter avec sa fille qui devient femme ; il tente parfois quelque chose (« Viens, allons faire un tennis ») mais il tombe souvent à côté. C'est désagréable pour lui, cette affaire de croissance et de métamorphose.

À partir de quand Paloma a-t-elle cessé d'être l'objet chéri et surexposé de ses parents ?

Ne plus les appeler que par leur prénom est son premier pas vers la sortie. Chaque jour de la vie de Paloma depuis cette décision est comme un caillou supplémentaire au terril qu'elle érige, sous lequel elle va construire un souterrain, qu'elle va forer à la cuillère s'il le faut mais qu'elle va creuser avec l'application d'un prisonnier qui veut s'évader de Sing Sing. Et maintenant elle attend. Elle s'est inscrite à l'université et elle attend. Jusqu'au jour où elle rencontre les yeux verts d'Adolfo, parce que Paloma décrète qu'il a les yeux verts, tout pailletés, ourlés des cils les plus fournis et les plus noirs de la création, qu'en plus de cela ses yeux sont magnifiquement en amande, et elle devient raide dingue de ces yeux-là dans l'entrée de la villa, elle se retrouve nez à nez avec ce garçon et c'est un tel choc, sa mère est là aussi, mais Paloma ne la voit pas, ou alors si, elle voit sa mère, sa mère lui *présente* ce garçon, n'est-ce pas une situation troublante, sa mère lui présente Adolfo, elle lui dit quelque chose à propos de ce garçon, lui explique peut-être la raison de sa présence mais

Paloma n'entend rien, elle sait qu'elle est en train de tomber dans le piège dont Chili lui parlait, Chili lui disait toujours, « Tu succomberas à un mauvais garçon », et Adolfo a tout du mauvais garçon latino-américain, on voit bien qu'il est un jeune contestataire, ou qu'il pourrait en être un, Gustavo lui a appris à les détecter à la seconde, il regarde la télé et il dit, « Encore ces contestataires », il ne dit rien de plus, il ne les qualifie pas, il ne dit pas, « ces crétins de contestataires » ou « ces putains de contestataires », il ne dit pas, « ces crevards » ou « ces gauchistes », Gustavo ne dit jamais des choses comme ça, mais sa manière de dire, « Encore ces contestataires », est lourde de sens, elle parle de mépris et de défiance, elle parle du gouvernement qui va encore être mis à mal par les *guérilleros* et elle parle des otages dans les montagnes, elle dit comme le monde de Gustavo roulerait à la perfection si on lui permettait d'éliminer les contestataires et Paloma sait les reconnaître au premier coup d'œil, il est possible qu'Adolfo ne sache même pas qu'il est un contestataire mais c'est écrit dans chacune des paillettes de ses yeux et dans ce chapeau en cuir et dans cette attitude désinvolte, je-viens-d'entrer-dans-une-maison-en-or-massif-mais-je-m'en-bats, Paloma est en train de se laisser piéger par un lieu commun mais elle se laisse prendre à sa beauté et elle se fout de se sentir fondre pour ce lieu commun, et le regard d'Adolfo quand il le pose sur elle est grave et hypnotisant, il n'a rien d'un regard de jeune homme à chaussettes blanches, amateur de squash ou régatier, il brille tant qu'elle se dit, « Ce gars peut voir dans le noir ».

Une architecture à mon échelle

Quand Paloma était en congé, quand elle n'était pas à l'université où elle s'ennuyait tant, elle passait son temps à la piscine de Villanueva, au stade ou sur la plage à courir sur le sable mouillé. Il est troublant que Vida l'ait dit à Adolfo, comment en est-elle arrivée à donner de telles informations à ce garçon, ne lui est-il pas venu à l'esprit qu'elle lui fléchait le chemin jusqu'à sa fille ? comment a-t-elle pu lui dire avec tant de légèreté et peut-être un rien de camaraderie où il pouvait trouver sa fille et la lui enlever ?

— Paloma ? Elle est toujours à courir.

Voilà ce qu'elle a pu lui dire tout en examinant ses roses une à une et en s'extasiant sur leur absence de pucerons et l'élégance de leur parfum.

— Paloma ? Elle est toujours à courir.

Elle a dû lever les yeux et il n'a pas pu échapper à Adolfo combien mère et fille se ressemblaient.

Et Adolfo a essayé les trois endroits. Il a surveillé la plage, fait un tour au stade et il l'a finalement trouvée à la piscine. Il s'est assis dans les gradins. Paloma n'a d'abord rien remarqué parce qu'elle enchaînait ses longueurs mais l'une de ses camarades le lui a désigné quand elles sont sorties du bassin, elle a dit, « C'est qui le type là-haut ? ». Paloma a tourné la tête et elle a vu Adolfo et c'était une excellente chose qu'elle fût si loin de lui parce qu'elle a rougi, son cœur s'est emballé et ses jambes ont failli se dérober sous elle sur le carrelage bleu moisi. La fille a ajouté, « J'en ferais bien mon quatre heures », et Paloma s'est tournée vers elle en souriant à demi avec politesse et elle a dit, « Je crois qu'il m'attend ».

Alors la fille a stoppé net, elle a dit, « Ce type-là ? », comme si elle soupçonnait une entourloupe, ou qu'il s'agissait d'une star de cinéma ou d'un gangster.

Paloma s'en est voulu de cette vantardise, ça ne menait à rien, le type n'était sans doute pas là pour elle, et elle allait se ridiculiser, elle avait juste voulu rabattre le caquet à cette greluche, elle détestait les expressions comme « J'en ferais bien mon quatre heures », c'était grotesque, et maintenant il allait falloir sortir de la piscine et attendre seule à l'arrêt de bus (puisque Paloma refusait que son père lui payât une voiture) et la fille se gausserait et en parlerait aux autres, ça lui ferait tellement plaisir de prendre Paloma en flagrant délit de vanité, surtout que, lorsqu'elles se sont dirigées vers les douches, il n'a pas bougé, alors la fille a jeté un œil soupçonneux vers Paloma, et celle-ci s'est dit qu'il attendait quelqu'un d'autre, à moins qu'il ne fît partie de ces hommes qui adorent passer leurs après-midi à la piscine de Villanueva pour observer les nageuses dans leur maillot de nageuses et s'asphyxier peu à peu avec les vapeurs de chlore qui montent jusqu'aux gradins.

En fait il l'attendait à la sortie, adossé à un pilier.

Il a amorcé un pas vers Paloma, écrasant sa cigarette et la regardant en plissant les yeux comme s'il se demandait si elle était bien celle qu'il attendait, ou peut-être si elle valait le coup de cette attente ; c'est comme ce bijou que vous aviez remarqué dans la vitrine et dont vous rêviez depuis quelques jours, quand vous retournez vous l'offrir, il vous déçoit, il ne vous plaît plus, il s'était amélioré et embelli dans votre esprit pour devenir un objet de désir mais finalement il ne s'agit que d'un bout de métal avec une perlouze au milieu – et ce n'est même pas un modèle unique.

Il a dit, « Vous me reconnaissez ? Je suis le jardinier de votre mère », et il n'avait rien d'un jardinier, il était impossible que ce genre de type eût ce genre de métier, Paloma a failli dire, « Non non non je ne vous crois pas », mais elle n'aurait pu que lui dire, « Oui je vous reconnais, je ne reconnais que vous », et elle s'est sentie tout emberlificotée et affreuse, c'était très rare que Paloma se sentît affreuse, elle avait en général une vive conscience de ce qu'elle était et de ce qu'elle donnait à voir, mais à cet instant la pulpe de ses doigts était toute plissée, et comment se montrer à lui avec la pulpe des doigts qui plisse, ses cheveux n'étaient pas secs, le blanc de ses yeux était variqueux et elle portait ce que sa mère appelle une tenue saut-du-lit, tee-shirt mou et pantalon souple, elle aurait bien aimé qu'il s'en allât, alors qu'elle avait pensé à lui à plusieurs reprises depuis le jour, cela faisait presque une semaine, où elle l'avait croisé dans l'entrée de la villa, elle avait pensé à lui à tel point qu'elle avait éconduit le pauvre Carlos qui lui faisait une cour assidue depuis trois mois, elle lui avait dit, « Carlito je m'ennuie, je m'ennuie tellement », et il y avait quelque chose là-dedans d'un caprice de jeune fille riche, un caprice d'enfant vorace. Elle a tourné la tête en tout sens pour trouver du secours mais il n'y avait personne autour d'elle, il n'y avait que ce grand parvis en carrelage d'un enthousiasme collectiviste, ce carrelage blanc nacré qui aurait dû refléter la lumière (oh la beauté des couchers de soleil de Villanueva animant de leur flamboiement les angles sublimes de ces magnifiques machines à habiter) mais qui s'en allait par plaques et laissait les bâtiments tout grêlés, quel endroit sinistre pour une rencontre, et il a dû lui aussi y penser parce qu'il a dit, « Je suis étonné que votre père ne vous fasse pas construire une piscine pour votre usage personnel plutôt que de vous laisser mariner dans ce bouillon de bactéries ».

Et Paloma s'est dit, infiniment triste, « Oh non, un énième connard qui me parle du fric de mon père ».

En général elle était beaucoup plus polie à l'oral qu'au mental mais ce jour-là elle a répondu en se remettant en marche, « Je vous emmerde ».

Ce sont au fond les premiers mots qu'elle lui a adressés si on exclut le rapide Bonjour dans l'entrée de la villa, elle n'en serait jamais très fière, mais cela l'amuserait, lui, qu'elle se fût adressée à lui en ces termes, elle dirait plus tard qu'elle se sentait si bouleversée par sa présence qu'elle s'était transformée en un animal agressif, elle essaierait de lui expliquer qu'elle avait l'impression d'avoir les poils des bras hirsutes et la chevelure en couronne électrique comme pendant les expériences de physique dans son ancien lycée pour gosses de riches.

Il s'est mis à rire en la suivant.

Et comment expliquer qu'elle se soit retrouvée quelques minutes après à boire un jus de mangue avec lui sur une terrasse de l'avenue Alfredo Ier, qu'elle ait accepté de partager un moment avec lui, c'était comme une faille dans l'espace-temps, vous êtes sur le parvis de la piscine utopie des années 1960 d'un architecte allemand vieillissant et hop vous voilà en train de siroter un verre sous les palmiers de l'avenue Alfredo Ier.

Il lui a parlé, il a dit des choses que Paloma n'est pas parvenue à mémoriser, des choses à propos des roses et des jardins de riches, de sa passion pour les jardins de riches, de l'endroit d'où il venait où il n'y avait pas de jardins, où tout était rocaille et herbe sèche, il a dit, « Vous connaissez peut-être cet endroit », mais Paloma s'est contentée de lever les sourcils au-dessus de sa paille, elle n'arrivait pas à se concentrer sur ce qu'il disait, elle était trop obnubilée par sa bouche, elle ne trouvait de toute façon aucun commentaire approprié, elle était assise à côté de ce type, ou plutôt en face de lui, exactement en face de lui, et quand il lui parlait il la regardait fixement, c'en était gênant, et c'était si rare cette manière de regarder les gens comme à travers eux, comme pour mettre quelque chose à jour, c'était rare et pas vraiment agréable, c'était comme une arrogance, et ça n'avait tellement rien à voir avec l'attitude des gens qui venaient travailler chez ses parents, ils ne se comportaient jamais ainsi, ils étaient discrets ou dociles, son père les choisissait pour cela du reste, ils n'en pensaient pas moins, mais ils savaient quelle conduite adopter pour se faire accepter et payer, et Paloma s'est dit qu'elle était prête à tout entendre de ce drôle de gars, il aurait tout à fait pu lui dire au milieu de cette conversation (mais ce n'était pas une conversation, c'était un monologue un peu lent, avec des silences et des attentes), il aurait pu lui dire, « En fait je fabrique des bombes artisanales pour faire sauter la ville », qu'elle n'en aurait pas été étonnée, d'ailleurs il disait des choses bizarres, il se vantait de connaître des gens infréquentables, il se vantait, l'affreux, il se rengorgeait, il faisait le coq, qui eût pu s'empêcher de faire le coq devant cette belle fille riche, il parlait d'argent et de magouilles pas claires, de paris sur des chiens, et puis de chasse au bison, et Paloma a songé, sans écouter un seul mot de ce qu'il racontait, ou plutôt en écoutant bien sûr, mais en ne pouvant, quelle étrangeté, enregistrer aucun de ses mots, comme dans un rêve, les rêves où il lui coûtait de comprendre ce qu'on lui disait parce qu'elle n'entendait pas bien, elle tendait l'oreille, mais rien de compréhensible ne lui parvenait, Paloma a songé, « Quel mythomane, quel affreux mythomane », et elle essayait encore évidemment de se tenir la bride, elle essayait de repasser au pas, elle a fini par lui dire :

— Tu parles beaucoup.

Et il a répondu :

— C'est pour te rassurer.

Puis il a allumé une cigarette et il n'a plus rien dit, non qu'il eût l'air vexé, ça n'y ressemblait guère, c'était plutôt qu'il voulait lui laisser un peu de place pour respirer. Il s'est levé, a jeté quelques pièces sur la table et il a dit, « Viens ».

Et elle l'a suivi, elle devait rentrer en bus mais elle l'a suivi, il l'a emmenée à pied dans un endroit près du port, un très bel appartement avec une terrasse au dernier étage, elle lui a demandé si c'était chez lui et cette question l'a fait rire. Dans la cuisine, il y avait des photos d'enfants sur le réfrigérateur et un calendrier aimanté qui indiquait Vacances à la date du jour. Elle s'est dit, « On a dû le lui prêter, on lui a prêté cet appartement ». Mais elle savait bien qu'il n'en était rien et elle s'est sentie tout à coup très heureuse et doucement enivrée, il l'a appelée depuis la terrasse et elle l'a rejoint, il a mis sa main sur sa nuque en lui montrant la baie et ses îlots volcaniques et il a dit, « Personne au monde ne sait que nous sommes ici ». Sa voix basse et sa main sur sa nuque et la proximité de son corps ont tourneboulé Paloma, la phrase d'Adolfo n'a pas sonné comme une menace de serial killer, elle lui a simplement permis d'embrasser Paloma et de lui retirer plus vite son tee-shirt mou et de la baiser sur la terrasse de cet appartement, dos contre le mur, les yeux au ciel sur les nuages qui filaient à toute allure, le pied posé sur un vélo d'enfant pour plus de commodités.

De la similitude
entre les campagnols et les femmes

Juste après, Paloma a pensé à ce que sa mère lui ressassait, comment exclure sa mère n'est-ce pas de ce genre de débat, elle a pensé aux chimies amoureuses et aux campagnols.

Chez les campagnols des plaines d'Amérique, la formation du couple tient à l'action d'un neurotransmetteur qui s'exprime dans un petit endroit du cerveau. Pour la femelle il s'agit de l'ocytocine : l'hormone de l'attachement. Elle est sécrétée dès le premier rapport sexuel. Si l'on injecte des antagonistes de l'ocytocine chez la femelle monogame, elle devient, le terme est celui des scientifiques, *opportuniste*.

Il se passe à peu près la même chose chez l'humain de sexe féminin.

Un orgasme et vous voilà tout enamourée. Si tant est que personne ne vous ait injecté d'hormones contradictoires.

La grande souveraine
du renoncement

Paloma a réussi à rentrer chez elle, dans la villa de la colline Dollars. Mais elle n'est pas parvenue à s'endormir au creux de son lit une place dans sa chambre taffetas et dentelles, elle s'est couchée nue, et elle n'a pas pu fermer l'œil de la nuit, c'est la première fois qu'elle se couche nue, c'est impossible de se coucher autrement après avoir fait l'amour avec Adolfo, la nuit est longue et électrique, Paloma pense à Chili, elle parle à Chili, elle lui raconte Adolfo et le vélo d'enfant sur la terrasse, et le matin, sa mère monte jusqu'à sa chambre, elle frappe ou plutôt elle gratte à la porte, elle doit avoir l'impression que c'est plus charmant, elle l'entrouvre, elle passe son visage, « Ma chérie », dit-elle, et Paloma sort un pied de sous sa couverture, elle le remue, Vida ne voit que ce pied et la magnifique chevelure blonde de sa fille, tout emmêlée sur l'oreiller, Paloma marmonne, elle se soulève un peu et il ne peut échapper à Vida que sa fille est nue, et on ne dort jamais nu dans la villa de la colline Dollars, même Vida qui pense avoir les idées larges n'est pas loin de partager les vues de

Gustavo sur la question, que ce serait une attitude de catin de dormir entièrement nue, mais Vida ne dit rien, Vida s'abstient, elle referme la porte en disant à Paloma que le petit déjeuner est prêt et qu'elle va être en retard à l'entraînement.

Vida conduit souvent Paloma à l'entraînement ou à l'université. Elle prétexte en général un saut à faire en ville parce qu'elle aime accompagner sa fille, elle pense que partager le même cockpit les rend plus proches et prédispose à la confidence.

Mais aujourd'hui elle semble inquiète ou préoccupée, alors elle maquille cela sous une gaieté factice, Vida fait toujours ainsi quand elle est mal à l'aise elle se met à parler beaucoup et fort avec cette voix suraiguë que personne ne peut supporter excepté Gustavo puisque de toute façon elle émet sur une fréquence qu'il ne perçoit pas.

Elle finit par se décider et demande à Paloma si elle a revu le jardinier qui est venu à la maison. Paloma fait l'étonnée, elle répète, « Adolfo ? » et elle ajoute qu'elle l'a revu, en effet. Vida lui jette un coup d'œil.

— Il a mon âge, Vida, tout va bien, lui dit Paloma.

Paloma se demande si sa mère n'a pas succombé au charme de son beau Mexicain, elle a voulu le lui présenter et elle veut faire maintenant machine arrière.

— Il est drôle, dit Vida.

Mais elle prononce « drôle » avec une hésitation, comme elle aurait dit, « Je crois qu'il se transforme en vampire la nuit » ou « Méfie-toi de ses pieds palmés ».

Paloma est atterrée.

Alors elle le dit.

Et elle s'emballe un peu.

— Comme d'habitude tu commences quelque chose, tu me présentes ce type, et puis tu regrettes, tu paniques, alors tu essaies de me dire qu'il est dangereux ou bizarre ou complètement con. De toute manière tu ne sortiras jamais de ça (Paloma secoue la tête comme si elle était face à une enfant récalcitrante).

— De quoi parles-tu ? fait Vida, et sa voix est plus basse, elle n'a déjà plus pied.

— Deux pas en avant, trois pas en arrière, c'est ta tactique pour rester bien en place, non ?

— Oui non je ne vois pas de quoi tu parles.

— Et avec moi c'est pareil, tu m'adores et après tu te dis que tu m'adores trop alors en arrière toutes.

Vida tente encore de contrer l'attaque mais elle manque de bataillons et de stratégie.

— Je ne vois pas de quoi tu parles, répète-t-elle.

— Tu veux des exemples ?

— Non non non (elle s'agrippe au volant, il semble qu'elle rapetisse).

— Je vais t'en donner. J'en ai toute une malle. Souviens-toi par exemple de mes anniversaires.

— Quoi tes anniversaires ? (Elle sait qu'elle ne devrait pas relancer Paloma mais elle ne peut s'en empêcher.)

— Tu me couvrais de cadeaux à mes anniversaires…

— Oui.

— Et tu me préparais un repas de fête, te rappelles-tu, sauf que le cake était aux fruits confits et tellement imbibé de rhum qu'il aurait pu faire sombrer n'importe qui dans un coma éthylique (à quatre ans on préfère des choses plus basiques, non ?) et puis tu concoctais systématiquement ce merveilleux poulet aux amandes dont tu avais le secret. Je crois n'avoir plus le souvenir d'un anniversaire sans poulet aux amandes.

— Oui, dit Vida tout bas.

— Et depuis combien de temps je suis végétarienne ? aboie Paloma.

Vida se met à bredouiller.

— En fait tu ne faisais pas cela pour moi, tu faisais cela pour charmer ton mari (depuis quelque temps Paloma a du mal à appeler son père Gustavo en la présence de sa mère, elle dit juste, « ton mari »).

— Tu interprètes… ose dire Vida.

— Ça fait vingt ans que tu es en psychanalyse, explose Paloma, et tu me dis que tout cela est un hasard ?

— Tu ressasses.

— Bien entendu. Et quand tu me choisissais une robe, tu prenais la plus belle et la plus chère mais jamais la couleur que je préférais. Tu avais toujours des arguments, « Prends la bleue, ça fera ressortir ton bronzage ». Je déteste le bleu. Et qui c'est qui aime le bleu dans cette baraque ?

— Ma chérie, arrête ça, tu ne vas pas faire toute la liste de…

— Et qui aime le bleu dans cette foutue baraque ? (Paloma s'échauffe, elle aimerait rester polie et calme mais elle n'y arrive pas.)

181

— Ton père, gémit Vida.

— Et on invitait qui à mes anniversaires ?

— Chili (Vida a l'air triomphant, elle se dit que là-dessus elle est inattaquable).

— Et ?

— Et je ne sais plus.

— Tu ne sais plus ? Eh bien il y avait le chef du service cardiologie de l'hôpital et sa femme, la secrétaire de Gustavo, le type des laboratoires Gracian, sa femme ou sa maîtresse ou je ne sais qui, ce n'était jamais la même d'une année sur l'autre…

— Mais tu aurais voulu qu'il y ait qui ?

— Des enfants, par exemple. C'est bien, ça, des enfants pour un anniversaire d'enfant. Mais ton très cher époux craignait tellement qu'on coure dans sa maison et qu'on laisse des traces sur le carrelage…

— Il y avait Chili, s'accroche Vida.

— Oui oui à partir de mes dix ans et une fois sur douze quand Gustavo acceptait sa présence de bouseuse.

— Oh ne dis pas ça, ne dis pas ça.

Paloma pose les deux mains sur le tableau de bord, elle décide d'arrêter de harceler sa mère. Elle finit toujours par se détester quand elle lui parle de cette manière. Vida se met à pleurer et elle dit, « Tu m'en veux tant que ça ? » Et elle répète cela à plusieurs reprises. En général, c'est sa dernière carte, elle sait que Paloma n'aime pas la voir pleurer, celle-ci d'ailleurs farfouille dans la boîte à gants et lui tend un mouchoir, si elle était au téléphone elle aurait peut-être le courage de raccrocher mais là elle est coincée dans ce putain d'habitacle avec sa mère qui sanglote et ne doit plus bien voir la route.

Alors Paloma dit, « Laisse tomber ». Elle éteint la climatisation de la voiture et elle ouvre sa fenêtre en grand pour se concentrer sur le front de mer et ses palmiers à typhon, elles sombrent toutes deux dans un silence morne entrecoupé des reniflements de Vida, leurs deux cervelles cogitent à toute allure et dans des directions différentes, elles ne savent ni l'une ni l'autre comment rattraper la situation alors elles abandonnent, elles laissent cet énième dérapage prendre sa place dans leur placard à dérapages, un placard à la profondeur de gouffre et dont l'odeur nauséabonde leur chatouille par moments les narines.

Attache-moi

Quand ils s'étaient quittés après ce moment passé dans le grand appartement avec vue sur les îles, quand il l'avait accompagnée jusqu'en bas de la colline Dollars, Paloma lui avait demandé si elle allait le revoir et il lui avait caressé les cheveux et embrassé les paupières puis il avait dit, « Bien sûr, maintenant tu es ma femme ».

Et comment expliquer ce que cette phrase faisait résonner en Paloma. Théoriquement elle représentait tout ce qu'elle rejetait depuis le jour où elle avait décidé de devenir un individu indépendant et de n'avoir jamais ni mari ni enfant. Elle trouvait l'enfantement si dégradant et si destructeur, elle utilisait à tout bout de champ les mots « aliénation » et « émancipation ». Cependant quand Adolfo avait prononcé ces mots, quand Adolfo lui avait dit qu'elle était dorénavant sa femme, elle aurait volontiers tendu ses deux poignets vers lui afin qu'il les menottât et la gardât pour lui seul, et cette idée pour Paloma était dérangeante, inédite et séduisante.

Une promesse

Elle ne savait pas où le joindre. Elle ne connaissait aucun des endroits qu'il fréquentait. Elle ne faisait que se répéter sa phrase comme un mantra, *maintenant tu es ma femme*, elle pouvait tomber dans un état apathique puis remonter la pente en moins d'un quart d'heure, et elle avait plus que jamais l'impression à la maison de partager le vaisseau spatial de deux êtres père-mère qui lui devenaient davantage étrangers de jour en jour. Elle s'est mise à craindre que sa propre vie ne finît par se calcifier.

Et puis elle l'a revu.

Il est venu la retrouver sur la plage alors qu'elle courait vers sept heures du matin. C'était tout début octobre. Il n'y avait, sur les dix-neuf kilomètres de plage, que deux ou trois personnes accompagnées d'un chien. Quand elle l'a vu, mais comment a-t-elle pu le voir d'ailleurs, en général elle courait les yeux fixés sur ses pieds et leur mécanique parfaite, en tout état de cause elle a levé la tête ce matin-là et elle l'a vu sur les ramblas, elle s'est arrêtée, elle ne pouvait plus courir, elle avait l'impression qu'elle allait s'emmêler les jambes et trébucher, elle s'est rendu compte qu'elle avait passé tous ces jours à l'envisager par morceaux (ses yeux, sa claudication, sa voix, ses mains) ; l'apercevoir de loin, *dans son ensemble*, l'a fascinée et repeuplée. Il avait l'air épuisé, il a sauté sur le sable et il a marché vers elle, il dégageait une odeur de nuit blanche, il avait bu et fumé, il la regardait en fermant presque un œil comme si quelque chose le dérangeait dans cet œil mais plus certainement parce qu'il n'avait pas dormi de la nuit et que maintenir une paupière ouverte était déjà un effort surnaturel.

Elle a dit, « Je croyais que tu m'avais oubliée ». Il l'a embrassée et il a dit, « Je n'ai pensé qu'à toi ».

Il a ajouté, « Je crois que je vais te kidnapper ».

Clarifions les choses

Il est possible que l'idée de kidnapper Paloma pour de vrai ait traversé l'esprit d'Adolfo à un moment donné. Parce qu'il s'imaginait sans doute que son père avait plus d'argent qu'il n'en avait – on s'imagine toujours que les gens ont plus d'argent qu'ils n'en ont. Dans un deuxième temps il s'est dit qu'ils pourraient, lui et elle, partir ensemble et faire croire qu'il l'avait kidnappée, réclamer une rançon et être riches et insouciants pour le restant de leurs jours. Mais il s'est retrouvé si intensément amoureux d'elle qu'il s'est mis à détester jusqu'à l'idée même d'utiliser sa belle comme appât pour obtenir de l'or.

Boum fit le verrou
en tombant sur le sol

Paloma ne se disputait jamais avec son père parce que c'était impossible. Gustavo était absent même quand il était là ; on peut pester contre un absent pas se disputer avec lui.

Mais quelques jours après sa rencontre avec Adolfo sur la plage, elle a réussi ce tour de force.

Gustavo prenait son petit déjeuner, Vida le servait parce que Arantxa n'était pas encore arrivée, il lisait le journal et buvait du café dans une sorte de mug géant sur lequel était figuré un drapeau anglais abrité sous un parapluie. Paloma détestait les impressions humoristiques sur la vaisselle et les vêtements, elle savait que c'était également le cas de son père (ça ne cadrait pas avec l'austérité beige, gris, noir de leur maison), aussi s'interrogeait-elle souvent sur son attachement à ce mug géant, elle se demandait ce qu'évoquait pour lui cet ustensile pour qu'il eût envie chaque matin d'y boire son café. Peut-être avait-il eu une aventure avec une Anglaise lors d'un *symposium* à Londres (quand elle était gamine et que son père partait pour un symposium, Paloma pensait que cela avait à voir avec la musique et elle imaginait une grande salle de concert où son père jouait au chef d'orchestre). À moins qu'il n'eût besoin de cette légère faute de goût rituelle pour apprécier pleinement la totalité de son habitat et s'extasier, continuellement s'extasier.

Vida était assise en face de lui dans son déshabillé satin coquille d'œuf, elle grignotait des galettes de maïs, les yeux dans le vide, perdus dans la contemplation du jardin. Paloma a toujours pensé que si ses parents s'étaient regardés le matin au-dessus de la table de petit déjeuner ils se seraient jetés l'un sur l'autre pour s'entrégorger.

Elle est convaincue que prendre son petit déjeuner en compagnie est une activité dangereuse.

Pour sa part, elle a besoin de rester debout dans la cuisine, absolument seule avec son thé, l'œil fixe, elle a besoin d'un espace de transition entre sa nuit et la journée.

Rien que de passer la tête par la porte de la salle à manger pour les saluer l'exaspère.

Elle ne sait donc pas ce qui lui a pris ce matin-là de s'installer à la même table qu'eux pour boire son thé. Son père a continué de lire son journal et sa mère lui a souri, encourageante, déjà comblée que Paloma daigne s'asseoir avec eux.

Paloma se sent électrique, prête à la bagarre.

Elle commence par demander la confiture à son père et il ne réagit pas. Vida se lève à demi pour la passer à Paloma mais celle-ci l'arrête d'un geste, Vida lui lance un regard affolé, on dirait un écureuil pris dans les phares, elle a deviné tout à coup que Paloma ourdit ses armes, cela touche Paloma pendant une fraction de seconde que sa mère la connaisse si bien, elle demande plus fort à son père d'avoir l'obligeance de lui donner la confiture qui est juste à côté de son coude droit, coude bien campé sur la table acajou lissé sans aucune miette (Gustavo a édifié un terril de miettes sur son set vert, si seyant avec la couleur sombre de la table) et là Paloma jubile, il ne réagit toujours pas, alors elle met une pichenette dans son journal, il s'offusque, fronce les sourcils, la regarde comme si elle venait de commettre une infamie, elle a l'impression d'entendre sa mère gémir, lèse-majesté, mais en fait celle-ci se lève et soupire. Paloma réitère sa requête, son père lui tend le pot de confiture avec un rien de brusquerie, elle n'a aucune intention de le lâcher, elle aimerait savoir, dit-elle, s'il se fout totalement de leur présence ou s'il est juste monotâche. Il tente de se replonger dans les pages politiques de son journal mais elle se lève brutalement et renverse le mug anglais maxi format, son père s'écarte vivement de la table et remet le mug d'aplomb avec précaution (ce qui conforte Paloma dans la conviction qu'il entretient une relation bien singulière avec cet objet hideux). « Tu ne veux pas te calmer ? » dit-il sèchement. Et Paloma hurle qu'elle est calme, qu'en tout cas c'est ce qu'elle peut faire de mieux en matière de calme, que s'il voulait autre chose il fallait adopter un bichon ou prier avant sa naissance pour qu'elle soit handicapée mentale comme ça elle serait demeurée une sorte d'enfant *définitive*. Paloma entend vaguement sa mère dire, « Oh là là ». On pourrait croire qu'elle assiste à un match de lutte gréco-romaine et que celle-ci ne sait pas encore qui va gagner.

Gustavo apprécie modérément la remarque (il a une cousine trisomique et Paloma sait qu'il a craint durant toute la grossesse de Vida que leur enfant ne le soit, harcelant Vida pour qu'elle multiplie les examens, et allant mettre des cierges presque quotidiennement à l'église Santa Teresa).

Il dit qu'il aimerait prendre son petit déjeuner en paix, qu'il mérite bien cela, et Paloma le coupe parce qu'elle connaît le couplet du père qui subvient aux besoins de sa famille, et que ce couplet la fatigue parce qu'elle y sent poindre, dit-elle, une malhonnêteté qui ce jour-là lui paraît hautement toxique. Elle veut savoir s'il désire qu'elle lui embrasse les pieds pour le remercier de ses bienfaits, Vida bat en retraite vers la porte-fenêtre, Paloma aimerait rappeler à sa mère que la porte-fenêtre ne s'ouvre pas, elle voudrait lui éviter de se jeter sur la grande vitre quatre mètres sur deux et d'y rester collée comme un coléoptère mais elle a d'autres chats à fouetter, son père s'est levé lui aussi, il est furibond, il lui demande si elle est malade, il lui ordonne de quitter la pièce, elle refuse si bien qu'il s'approche, l'air menaçant, pour la première fois de la vie de Paloma son père est menaçant, elle lui dit qu'il ne connaît rien d'elle, qu'elle n'est même pas sûre qu'il se souvienne de son prénom et de sa date de naissance alors il les récite et c'est pire que tout, elle le trouve si peu digne tout à coup, dans sa chemise fines rayures Ralph Lauren, avec son teint éternellement bronzé et son absence de calvitie (un sujet de fierté incompréhensible, on ne peut pas être fier de ne pas avoir d'hémorroïdes ou de mycoses entre les doigts de pied mais lui il fanfaronne souvent en montrant ses cheveux et en disant à Vida, « Tu as vu cette belle implantation ? »). Paloma jette un œil vers sa mère qui a recouvré son calme, Paloma a ouvert la cage des animaux du zoo mais elle a l'impression que sa mère lui fait un signe pour qu'elle parte, qu'elle bénit sa fuite et qu'elle ajoute télépathiquement qu'elle-même est une bien trop vieille guenon pour se faire la belle.

Paloma sort de la pièce, elle voudrait dire quelque chose qui ait un peu d'éclat mais elle ne trouve rien de spectaculaire, elle dit juste, « Tu n'es pas près de me revoir », son père crie absurdement, « Et ne prends pas ma voiture ». Paloma ne prend jamais la voiture de son père pour aller quelque part, elle ne voudrait pour rien au monde conduire cette énorme Mercedes noire (son père ne fait confiance qu'aux objets manufacturés européens) qu'il laisse en général bien visible dans l'allée devant le garage de son bunker parce qu'il ne peut tout de même pas s'en empêcher. Ce truc a des vitres fumées comme si vous viviez sur Sunset Boulevard et une suspension surélevée pour parer à la montée des eaux et toiser vos contemporains qui se noieront.

Paloma sort de la maison, elle sait maintenant où retrouver Adolfo, son quartier général du moment est l'une des paillotes de la Pointe au nord.

Elle décide de ne pas retourner chez ses parents (si ce n'est pour venir chercher quelques affaires quand elle saura qu'il n'y a personne), elle décide cela parce qu'on est le matin très tôt encore, parce que l'automne est encore doux et que le soleil fait rougeoyer les immeubles du front de mer, parce que les études de droit ne la passionnent pas et ne la passionneront jamais, parce qu'elle a vingt et un ans, qu'une partie d'elle-même croit encore qu'elle est immortelle, et qu'une autre lui dit impatiemment que le temps presse, parce qu'elle a une folle envie de déposer sa confiance dans les paumes d'Adolfo alors qu'elle le connaît si peu mais que le peu qu'elle sait de lui la bouleverse et lui donne l'illusion d'être vivante.

À l'abri

Paloma a adopté le mode de vie d'Adolfo.

Tout de suite, dès l'instant où ils se retrouvent après son départ porte claquée de chez ses parents, il l'emmène avec lui, semblant infiniment satisfait de la décision qu'elle vient de prendre. Il est satisfait et résolu, mais d'une résolution tranquille comme si les choses n'auraient pu en aller autrement, alors à aucun instant Paloma n'a peur ou ne regrette sa décision. Adolfo a l'air si confiant, il lui dit, « Tu verras c'est une vie sans souci, c'est une vie joyeuse », et elle, elle accepte de marcher avec lui, au même rythme que lui, et même elle se sent capable de prendre des risques pour cet homme, elle est sûre que cette vie-là n'est pas sans souci mais cela n'a aucune importance à ce moment précis de ses vingt et un ans.

Ils s'installent dans les maisons vides. Pendant l'automne et l'hiver qui suit, Paloma va accompagner Adolfo partout. Il lui laisse parfois le loisir de choisir une villa, ce n'est pas qu'il veuille en décider à chaque fois, c'est qu'il a l'expérience, il lui donne des indices pour ne pas se tromper, il connaît les propriétaires, leur couleur politique, le nom de leurs chiens, le nombre de personnes à leur service, les qualités, les travers et les dépendances de chaque membre du personnel, il n'ignore rien de l'état des alarmes et du taux de remplissage de leur cave à alcools, comment fait-il puisqu'il ne note jamais aucune information nulle part, Paloma s'interroge et se dit qu'à sa place elle aurait un carnet à coucous, elle s'organiserait, ferait des tableaux avec les dates d'absence des propriétaires, craindrait de tomber sur l'un d'entre eux suspicieux ou un peu malin qui les piégerait, reviendrait et les surprendrait. Mais Adolfo ne note jamais rien, il sait tout des maisons et des jardins. Une fois, au tout début, ils vont habiter dans la maison voisine des parents de Paloma, ça amuse beaucoup Adolfo, et Paloma aussi quand il le lui propose, ces gens sont ridicules et immensément riches, et il lui semble distrayant de se glisser dans les pénates de ces affreux. Cependant, à peine arrivée, elle se rend compte qu'elle peut apercevoir sa mère à travers la haie et au bout de quelques jours elle se sent plonger dans un gouffre de tristesse alors Adolfo dit, « Barrons-nous d'ici », et comme elle refuse, « Non non non, ne t'occupe pas de moi, ça ira très bien, c'est juste que ma mère a l'air si perdue », il insiste, « Il vaut mieux s'en aller, l'endroit est malsain ». Il argumente, parle de la vilaine odeur de l'eau de la piscine et du mauvais goût des revêtements muraux. Si bien qu'elle accepte de partir, ils prennent leurs cliques et leurs claques et ils choisissent un autre endroit.

Au printemps ils vont un peu plus loin sur la côte, jusqu'à Salvatierra. Adolfo traficote, il entretient des jardins, il a toujours de l'argent dans les poches, il sait y faire pour attirer la confiance des gens, il sait les séduire, les amadouer, leur faire croire que ce sont eux qui le choisissent. Paloma est sous le charme de son bel Adolfo, elle danse pour lui dans les salons des maisons qu'ils colonisent, il la regarde danser en buvant les alcools hors de prix des propriétaires (Adolfo dit, « Avec ce whisky tu pourrais t'acheter un appartement »), elle essaie de le faire danser avec elle mais il répète, « Je ne peux pas danser avec ce pied, petite folle ».

Paloma lit tout le temps. Elle aimerait écrire. Elle le souhaite depuis toujours mais elle ne parvient pas à s'y atteler. Pas encore. Elle pense qu'il lui faudrait probablement lire des centaines de livres avant d'oser prendre la plume. C'est comme un apprentissage auquel elle s'astreint. Elle trouve des livres dans les maisons, il y a toujours des livres dans les maisons, parfois ils sont relégués à la cave ou dans une chambre qui ne sert pas de chambre, mais, le plus souvent, une pièce leur est réservée, personne ne les touche jamais, alors Paloma, dès qu'elle entre dans une maison où il existe une bibliothèque, s'enchante du programme à venir, elle songe que c'est la première fois de sa vie qu'elle est aussi heureuse et qu'elle ne pourra jamais plus l'être autant, elle goûte chaque instant de cette existence, elle se dit, « Ne pensons pas à demain », elle ne veut pas vivre dans ce léger décalage, cette infime projection, qui a toujours empêché sa mère de vivre pleinement les événements les plus agréables. Paloma a des livres et son amour, elle pourrait vivre toute sa vie ainsi. Elle aime lire quand Adolfo est avec elle, elle fait « Mmmmh » quand il lui parle et de cette manière il sait qu'elle n'est pas vraiment là. Elle est quelque part dans ses pages, quelque part en Bolivie ou au Japon, Paloma a une prédilection pour les romans japonais, Adolfo ne peut pas lutter contre quelque chose comme ça, il s'assoit, il pose son pied abîmé sur un siège luxueux, il boit et il fume, et il regarde lire sa princesse. Il semble littéralement s'abreuver à sa contemplation, il dit, « Je suis impressionné par la beauté de tes cuisses », il scrute sa cambrure et ne peut se lasser de voir ses cheveux, ses magnifiques cheveux qui créent d'infimes tornades sur les draps et dans son cœur.

Paloma et Adolfo passent les tempêtes d'équinoxe ensemble, les observant depuis la terrasse de la maison d'une très vieille dame que ses enfants ont placée en maison de repos dans la capitale. Cette vieille dame devait penser, avant que ses enfants ne décident de la ranger dans un tiroir, qu'une guerre allait être déclarée ou que le choléra allait revenir sur les côtes. Elle a fait des réserves de nourriture pour mille ans.

Paloma dit à Adolfo qu'elle aimerait bien voir la neige tomber sur Salvatierra, la neige recouvrirait la plage de ses flocons biscornus, cela lui plairait infiniment de courir en zigzag sur cette plage en faisant crisser une fine couche de neige sous ses chaussures.

Adolfo répond qu'il n'aime pas la neige. Et surtout pas le froid. Mais qu'avec un peu de chance et vu l'état du climat elle devrait pouvoir contempler un jour des ours blancs en train de batifoler sur la plage de Salvatierra.

L'effroi

Un après-midi, alors qu'il pleut très fort dehors et qu'ils sont dans le salon de la vieille dame de Salvatierra, Adolfo apprend tout à trac à Paloma qu'il vient d'Irigoy. Il n'en a jamais parlé avant. Il a évoqué un père et un frère, les chiens, le stand de tir derrière la maison, et sa propre habileté à la carabine. Mais jamais rien sur l'endroit précis où s'était déroulée son enfance.

Il dit, « Mon frère est toujours là-bas, il va falloir aller le chercher un de ces quatre ». Paloma approuve, elle est prête à aller chercher qui il veut.

Adolfo regarde par la fenêtre comme pour mesurer l'intensité de la pluie et le temps qui leur reste, et il ajoute, « Je vais te raconter une histoire de bison ».

Il prend sa respiration, il se demande peut-être encore si le moment est propice, Paloma l'écoute alors il se lance :

— Ça s'est passé le 1er mars 1986, le jour de mes quatorze ans.

Ce jour-là, Adolfo est parti à la chasse au bison sauvage avec son père.

Le matin même, dans leur maison au pied des collines d'Irigoy, son père l'a tiré du lit en sonnant le clairon et en beuglant :

— Aujourd'hui tu deviens un homme.

Adolfo savait depuis longtemps que son père voulait aller tuer un bison sauvage dans les montagnes. Il a deviné tout de suite, dès l'instant où son père l'a appelé à l'aube de ce 1er mars, que c'était ce que celui-ci projetait de faire pour égayer glorieusement la journée d'anniversaire de son fils.

Adolfo s'est préparé, Eguzki son petit frère n'avait pas ouvert l'œil, recroquevillé dans son sommeil. Le père a de nouveau gueulé :

— Grouille grouille grouille, Benito.

(Le père jamais n'appelait Adolfo par son prénom, il lui en choisissait toujours d'autres, ce n'est pas que celui-ci lui déplaisait, grands dieux non, il pratiquait ce jeu avec tout le monde, il octroyait à chacun des surnoms ou des prénoms incongrus, il appelait souvent Eguzki Napoléon ou bien Bernarda Iñazu (c'était le nom d'une sainte locale du XIXe siècle qui avait vu la Vierge lui apparaître au-dessus du cimetière) et Adolfo devait régulièrement répondre au nom de Sigmund (à cause de Freud – le père pensait être désobligeant). Le père avait développé une sorte d'incapacité à s'adresser aux gens en usant de leur nom de naissance, ç'aurait été comme d'entretenir un commerce intime avec eux, comme s'il leur avait susurré un mot doux. Appeler Adolfo Adolfo serait revenu à l'appeler Chéri.)

Dehors la température devait frôler les moins dix.

Irigoy subit un climat très particulier. La chaleur y est infernale une grande partie de l'année et puis en hiver le vent de terre et la proximité des montagnes refroidissent l'air jusqu'à le transformer en fabrique de congères.

Tout autour de la maison le paysage était recouvert d'une neige grise et glacée et inerte qui ne ressemblait plus à de la neige. Dans la cour, près du bûcher, il y avait encore le bonhomme de neige qu'Eguzki avait édifié quelques jours plus tôt. Un bonhomme de neige inquiétant avec des branchages en guise de bras et deux cailloux sombres pour les yeux. Rien pour la bouche et le nez. Sa neige même n'était plus blanche, c'était une neige noirâtre de bord de route.

À l'instant où son père a démarré, Adolfo a vu apparaître la tête de son petit frère à la fenêtre de l'étage et le minuscule geste qu'il lui a fait. Il portait sur le visage son air coutumier au regard écarquillé. Il était évident que le petit n'arriverait pas à profiter de ce moment qu'il allait passer seul. Le petit ne savait pas profiter des choses. Tout l'effrayait. Il était impossible de deviner ce qui lui faisait le plus peur. Se retrouver tout seul ou les voir revenir.

Adolfo et son père n'ont pas échangé un mot. Après une cinquantaine de kilomètres sur la route verglacée qui grimpait dans la montagne, le père a freiné brutalement comme si l'idée l'avait pris là. Il a garé la camionnette sur le bas-côté, à l'orée de la forêt. Il s'est équipé avec ce qu'il avait emporté dans le coffre, toujours sans dire un mot à Adolfo, et se harnachant comme s'ils partaient pour une expédition de deux ou trois jours. Il a tendu à Adolfo des sacs plastique pour qu'il les enfile dans ses chaussures et y glisse les pieds.

— Ça protège du froid.

Puis il a pris les armes.

Le temps était si gris qu'il semblait que le jour ne s'était pas levé et que des particules d'amiante tourbillonnaient alentour, brouillant la vue et recouvrant la totalité du monde d'une fine pellicule de cendre. Les arbres avaient l'allure de géants morts.

— Les bisons sont de l'autre côté du lac.

Le père a esquissé un geste vague qui laissait penser qu'il ne savait pas bien quelle direction emprunter.

— Tu ne voulais pas emmener un des chiens ? a demandé Adolfo.

Le père n'a pas répondu. Il soufflait comme un auroch. Cet homme avait toujours respiré comme si l'air ne parvenait à sa bouche que par un trajet très complexe de tuyauteries mal entretenues.

— En route.

Il s'est mis en marche. Et Adolfo a fait de même. Mais à une distance prudente. Une dizaine de mètres derrière la silhouette de cet homme dangereux. Ils étaient environ à mille cinq cents mètres d'altitude et il avait dû neiger l'avant-veille. La neige était craquante comme du sucre qui n'aurait pas caramélisé et le dessous était mou et farineux. Adolfo avait à peine fait trois pas qu'il avait déjà les pieds trempés.

— Tu ne voulais pas prendre les raquettes ? a-t-il crié.

Ils ont marché pendant trois heures, Adolfo toujours dix mètres en arrière, attentif à maintenir cette distance, il suivait le père, grotesque dans son treillis jaune guerre du Sahara, qui avançait avec une détermination punitive, il suivait le père qui sortait sa flasque tous les deux cents mètres pour s'en enfiler une rasade, et lui, le gamin, ramassant de la neige sur les branches des arbres et la posant sur sa langue pour apaiser cette soif singulière qui vous saisit dans les espaces nus et enneigés, ne sentant plus ses pieds, apaisé de ne plus les sentir parce qu'au début c'est douloureux, ça pique, ça rend sensible jusqu'à la moelle des chevilles et après on a l'impression que les orteils gonflent et emplissent tout le volume de la chaussure, la plante des pieds se met à enfler et puis au bout d'un moment il n'y a plus rien, juste deux briques vissées au bas des jambes. Plus rien n'est articulé. Adolfo marchait mécaniquement dans les pas de son père. Et entendait le souffle de celui-ci amplifié par le silence. Il était prisonnier des poumons de son père. Son père qui ne faisait que picoler et ne s'arrêtait jamais sauf parfois sans prévenir, le nez en l'air, levant un doigt, intimant le silence à Adolfo comme s'il avait été en train de discourir ou de chantonner, et il faisait mine d'avoir entendu une bestiole (un bison ?) ou que le sens du vent lui indiquait la bonne direction, puis il reprenait son chemin, l'air d'avoir entendu ce qu'il voulait entendre, et toutes ces simagrées d'homme des bois étaient ridicules. Le trajet était si pénible que c'était comme de franchir un mur de verre avec la paume d'une main.

— Là.

Le père s'est arrêté et a désigné le lac entre les épicéas. Le lac était gelé, d'un bleu transparent par endroits.

— Tu crois qu'on peut le traverser ? a demandé Adolfo.

Il faisait plus froid encore près du lac. Un froid pareil à une froidure verte de cimetière, à l'humidité de la terre retournée et des tombeaux mis à nu.

Le père a hoché la tête comme si, visiblement, il pouvait juger de l'épaisseur de la glace d'un simple coup d'œil et il a dit :

— On va le contourner.

Ils ont atteint la rive opposée du lac après deux heures et demie de marche. La nuit commençait déjà à tomber. Le père a immédiatement fait signe à Adolfo de ne plus bouger. Celui-ci est resté immobile, seule la vapeur de sa respiration certifiait qu'il était autre chose qu'une souche. Il a aperçu un bison qui avançait, fantomatique, entre les épicéas noirs. Sa crinière était recouverte de neige et de glace comme la chevelure d'un vieillard qui aurait dormi dehors. Son pas était si tranquille qu'il ne donnait pas l'impression de chercher quelque chose pour se nourrir mais bien plutôt d'être plongé dans une profonde méditation. Adolfo a essayé de se souvenir si les bisons vivaient en troupeaux. Il lui semblait bien que oui. Celui-ci était peut-être venu là pour mourir parce qu'il était malade ou que plus aucun de ses congénères ne voulait de lui dans le troupeau. Le père a broyé le bras d'Adolfo pour qu'il restât en arrière. Il s'est approché à vingt mètres de l'animal. Adolfo pensait qu'il allait lui demander de tirer, il pensait que c'était le but de cette excursion, mais le père s'est emparé de sa propre carabine et l'a épaulée, il a tiré dans la tête du bison et l'animal s'est effondré. Il a continué de tirer. Adolfo a dit :

— Je crois qu'il est mort.

La carabine produisait un fracas de tonnerre. Adolfo a scruté les alentours.

Le paysage était monstrueusement indifférent.

La tête du bison avait explosé. Tout autour la neige était sanglante et les branches des arbres dégoulinaient de cervelle et d'autres bouts d'organes qui n'avaient rien à faire dehors. Des myriades de points rouges tachaient la neige à plusieurs mètres à la ronde.

Il faisait de plus en plus sombre mais Adolfo savait que s'il émettait la moindre remarque son père opterait pour la solution la plus inepte et la plus dangereuse. Celui-ci considérait l'animal ; il avait l'air, seulement maintenant, de s'interroger sur la façon dont ils allaient le transporter.

— C'est une femelle.

Et il était impossible de savoir s'il jubilait ou s'il était accablé de cette constatation.

Adolfo et son père ont ficelé le bison avec des cordes pour pouvoir le tirer derrière eux. Ce fut laborieux. La bête a fini saucissonnée et invraisemblable, pareille à un gros requin emberlificoté dans un filet.

Le père a levé le nez vers le ciel qui se piquetait d'étoiles.

— On va dormir ici.

Eguzki allait mourir de trouille mais aucun des deux n'en a parlé, ils ont fait comme s'il n'y avait nul petit garçon qui les attendait à la maison, ou comme si la mère était toujours là pour s'occuper de lui et qu'elle ne s'était point carapatée depuis belle lurette. Adolfo n'a pas dit non plus qu'ils n'avaient rien à manger ni à boire à part la gnôle du père. Celui-ci s'est assis sur une souche dont il a retiré la neige.

— Dégage un endroit qu'on puisse construire un feu et becqueter un bout de cette barbaque.

Adolfo s'est exécuté mais le père a été incapable d'allumer un feu. La température semblait chuter d'un degré tous les quarts d'heure. Il était près de vingt heures. Et même s'il n'était pas un garçon très impressionnable, être coincé de ce côté du lac entre un bison mort et son père avait quelque chose de terrifiant.

Adolfo a dit :

— Je crois que j'ai les pieds qui ont gelé.

Le père ne l'a pas cru alors Adolfo les a sortis de ses chaussures comme s'ils avaient été en verre et prêts à se briser en milliers de morceaux brillants et acérés. Il faisait tout à fait nuit, Adolfo a désigné la lampe torche que le père avait au ceinturon :

— Éclaire-les.

Alors ils ont pu voir les pieds d'Adolfo dans les sacs plastique, sa transpiration s'était condensée et avait gelé, le père a ôté les sacs et il a pris les pieds de son fils dans ses mains :

— C'est ta mère qui faisait tout le temps comme ça. Elle mettait ses pieds dans des sacs plastique l'hiver.

Adolfo s'est tu un moment et puis il a dit :

— Je crois que c'était plutôt dans du papier journal.

Le père l'a regardé en fronçant les sourcils.

— Et merde, a-t-il prononcé pensivement.

Il a voulu frictionner les pieds de son fils mais celui-ci les a retirés. C'était une sensation bizarre, comme si ses pieds n'étaient pas vraiment raccordés à son corps, mais pesaient une tonne au bout de ses jambes.

— Tu crois qu'on va me les couper ?

— Y a pas intérêt.

Pour une fois la menace dans la voix de son père a rassuré Adolfo.

Ils se sont mis à l'abri sous les rochers près du lac. Et le père a tendu sa gnôle à son fils. Adolfo a bu une longue gorgée et la tête lui a tourné, il a eu très chaud et sommeil. Il a posé sa tête encagoulée sur une grosse pierre et il s'est endormi. Son sommeil fut éprouvant et entrecoupé. La nuit bruyante, soluble et glacée.

Juste avant l'aube son père l'a réveillé. Il faisait aussi sombre que la veille. Le père était debout devant le bison mort. L'animal avait été à moitié dévoré. Imaginer ce qui s'était passé si près d'eux cette nuit était effrayant. En même temps, personne n'aurait l'idée de rapporter une dépouille éventrée ; ils allaient pouvoir repartir à vide.

Mais le père a dit :

— Il a gelé fort cette nuit, on va le trimballer jusqu'à la bagnole en traversant le lac, il va glisser tout seul, comme un traîneau.

Évidemment le bison était beaucoup plus lourd que tout ce qu'avait pu se figurer le père. L'état de la tête du bison paraissait le chagriner. Il avait apparemment oublié que c'était lui qui l'avait presque fait exploser en lui tirant dessus à plusieurs reprises.

Il a piétiné la neige jusqu'au lac pour rendre le sol encore plus glissant.

— Attache-toi au bison, a-t-il ordonné à son fils.

Mais Adolfo n'a pas obéi. L'idée d'être encordé à cette grosse bête morte et triste lui semblait la chose la plus sinistre du monde. En plus il avait modérément confiance dans le sens pratique de son père. Il a fait mine de nouer la corde autour de ses reins et de ses avant-bras. Et il a tenté de tirer l'animal.

— Il pèse vingt tonnes.

Le père, lui, poussait la bête.

— Tire au lieu de jacter.

Adolfo a obéi cette fois et le bison a dévalé la courte pente jusqu'au lac. La glace était solide et le bison s'est mis à glisser de côté en tournant sur lui-même.

— Rattrape-le, a gueulé le père en courant à leur suite.

Quand Adolfo a réussi à bloquer la valse du bison le père s'est encordé pour le tirer avec lui. La rive opposée du lac avait l'air aussi éloignée qu'un nouveau continent.

Adolfo était devant et tirait et n'avait plus froid nulle part. Il marchait en regardant ses pieds et leur mécanique sidérante, concentré sur son propre souffle, avec son père à sa suite et puis aussi le bison mort mais ne leur prêtant plus attention, immergé qu'il était dans ce moment où il faisait corps avec le lac glacé, pensant même que s'il survivait à cette partie de chasse il s'en souviendrait comme d'un moment parfait, et pourquoi ce moment devenait-il si brutalement parfait, peut-être les choses lui paraissaient-elles en place, peut-être avait-il percé une énigme qui jusque-là lui avait échappé. Il avait quatorze ans et il était évident qu'il n'allait pas rester coincé là pendant les quatorze années suivantes. Adolfo, sur le lac gelé, était quelque part au-delà du découragement et ce découragement même avait pris une forme apaisée, définitive, comme la preuve que lui, Adolfo Orezza, existait bel et bien, indépendamment de l'endroit où il était tombé en naissant. Il ne ressentait plus aucune rage.

Adolfo a contourné le centre du lac parce que la glace y serait trop fine pour supporter leur poids et, croyant avoir paré à la possibilité du drame, il a été abasourdi quand il a entendu le craquement derrière lui.

Il s'est retourné et il a vu le visage de son père passer de la stupéfaction à la colère puis au dépit, la glace s'est fendillée, le père a gueulé :

— Tire-le putain, tire-le, sinon il va finir à la baille.

Mais Adolfo ne pouvait pas le tirer, le bison était en train de tanguer comme s'il avait recouvré la vie et s'ébrouait au milieu du lac. Il fixait la fissure qui venait vers eux avec des à-coups et des virages, suivie de toutes les fissures qui naissaient de cette fissure maîtresse, et puis la glace a craqué, elle a semblé légère comme du polystyrène, le lac, à l'endroit précis où ils se trouvaient, est devenu une débauche de pièces de puzzle en glace aiguisées et désordonnées, le bison a eu un soubresaut et son arrière-train a commencé à sombrer alors le père a reculé, et glissé et s'est jeté au sol pour s'agripper, il s'est démené pour se détacher, le corps de la bête a disparu dans le trou et il n'y avait plus que la gueule mutilée du bison qui dépassait et le père, on aurait dit que le bison le tirait en arrière et ne voulait pas couler seul, le père a été brutalement absorbé par l'eau noire à la suite de la bête, il a crié juste avant, « Rattrape-moi », sa tête encagoulée a disparu et toute cette scène d'une demi-seconde qui avait paru se dérouler dans un vacarme d'apocalypse a laissé place à un beau silence d'hiver, simplement troublé par le bruit des bulles et des morceaux de glace crissant les uns contre les autres. Adolfo avait la corde dans la main. Elle s'est tendue et il a regardé cette corde qui le maintenait à son père, il l'a regardée avec une telle ardeur qu'elle aurait pu prendre feu entre ses doigts.

Je lâche ?

Mais il n'a pas pu. Avec toute la prudence possible il a couru sur ses deux pieds quasi morts jusqu'au trou, jusqu'au puits noir, il a tiré sur la corde, et ça se démenait là-dessous, la corde bougeait comme s'il avait attrapé un cachalot, il répétait, « Oh il me fait chier il me fait chier il me fait chier », et la glace sur laquelle il se tenait ne semblait plus attachée à rien, il tremblait, tout son corps tremblait violemment comme s'il venait de choper une forte fièvre et il a dit tout haut, « Advienne que pourra », il a sorti son couteau, attaché la corde à sa ceinture et sauté dans l'eau glacée et les ténèbres. Ce fut aussi violent que de plonger dans du magma en fusion. Son corps a claqué, se rebellant contre ce qui lui était imposé là. L'eau noire s'est écoulée dans son crâne par ses oreilles. Il a suivi le trajet de la corde, le père gesticulait encore, Adolfo a coupé ce qu'il pensait devoir couper, la corde qui liait le père au bison, son harnachement de guerrier, et puis son énorme vareuse qui l'entraînait vers le fond et qu'il a découpée en deux, la lame de son couteau était aussi effilée que possible, le corps du bison paraissait gésir dans les algues comme au milieu d'une sombre prairie, le lac n'était pas très profond, Adolfo a donné des coups dans la corde pour s'arracher à ce tombeau et pour que son père comprenne qu'il fallait remonter maintenant, il a levé la tête et il a vu les algues qui faisaient comme des cheveux de fille morte juste dans l'ouverture donnant sur le ciel, il y avait toutes ces plaques de glace qui s'entrechoquaient en haut, ç'avait l'air terriblement dangereux mais ça ne l'était pas, c'était extraordinaire de remonter à la surface, Adolfo a sorti sa tête, pris une goulée d'air et il a replongé malgré lui, tiré en arrière par son père qui s'accrochait à sa vareuse, ils ont paru se bagarrer sous l'eau, Adolfo a pensé qu'il allait mourir, que les énormes carpes allaient sortir de leur torpeur pour venir dévorer son cadavre, qu'elles commenceraient par les yeux puisque c'est ce qu'on dit toujours, il est remonté à toute vitesse vers la surface et le père l'a suivi, il a sorti sa tête de l'eau, il y avait tous ces morceaux de glace qui se baguenaudaient mais il a été facile de voir lequel était le plus épais et le plus stable, Adolfo y a planté son couteau et il s'est hissé, « Me laisse pas », a dit le père dans un râle, et Adolfo serrait les dents et pensait ou disait, « Connard, je suis en train de faire quoi là ? » et il a tiré sur la corde qui les liait toujours et il a fait tout ce qu'il a pu pour aider son père à monter et à se dégager, il l'a empoigné par la ceinture et il l'a soulevé, le bout de glace sur lequel ils étaient aurait pu se détacher mais ils ont eu une chance inexplicable, le père avait toujours les jambes dans l'eau et Adolfo n'arrivait plus à rien faire, le père était vautré les bras en croix, la moitié du corps sur la glace, il saignait, Adolfo avait dû le blesser dans l'obscurité du lac, et il émettait des grognements, Adolfo a dit, « Allez », et le père a sorti ses jambes, l'une après l'autre, en glissant comme s'il était sur l'aile d'un avion et qu'il ne pouvait plus se mettre debout. Puis le père et le fils ont rejoint la berge la plus proche, Adolfo était debout et le père marchait à quatre pattes derrière lui, quand Adolfo marchait trop vite le père tirait sur la corde que le gamin tenait encore et qu'il avait lui autour de la taille. Ils se sont assis sur la rive au milieu des ajoncs gelés, et le père a dit :

— Tu ne t'étais pas attaché à moi, petit con.

Adolfo a scruté le visage de son père pour voir comment il devait prendre la chose, mais le vieux était tourné vers le lac et vers la béance au-dessus de son bison mort, alors il a compris qu'il s'agissait juste d'un reproche. Adolfo s'est levé tant bien que mal et il a dit :

— Je rentre.

L'obscurité du dedans

Paloma voudrait comprendre pourquoi Adolfo est resté si longtemps à Irigoy après cette partie de chasse.

— J'avais quatorze ans, répète-t-il. Je ne connaissais rien du monde. Et puis je n'aurais jamais laissé le petit tout seul avec le vieux.

Adolfo, le jour où il avait perdu ses orteils et renoncé à tuer son père, était devenu un autre garçon, c'était comme s'il avait décidé de n'être plus le fils de cet homme. Il ne se voulait pas capable des mêmes colères que lui. Du même aveuglement. De la même sauvagerie. Aussi, quand il a finalement frappé son père un soir de 1992, a-t-il préféré quitter la maison. Il s'était rendu compte qu'il allait finir par l'égorger s'il demeurait dans les parages. Il a essayé de persuader Eguzki de l'accompagner, il a laissé le vieux gémissant et éructant sur le ciment de son salon, mais Eguzki a capitulé, replié sur lui-même comme il le faisait toujours – technique de l'opossum, disaient les garçons, je fais le mort, il ne me tuera donc point.

— Il est presque temps d'aller chercher mon frère, dit Adolfo.

Après l'histoire du bison, Paloma se met à penser plus régulièrement à ses propres parents. La nuit, elle leur parle, elle leur déballe tout ce qu'elle a sur le cœur. C'est toujours étrange les conversations imaginaires qu'on a avec ses proches au milieu de la nuit. On y règle ses comptes. On argumente. On y est très pertinent et toujours à son avantage.

Au matin Paloma se demande si elle ne devrait pas leur écrire.

Ensuite elle imagine sa mère dans la cuisine en train de boire son thé, inerte comme une poupée dans un grenier, et elle se sent triste et plus du tout en colère.

Paloma et Adolfo ont leur point d'ancrage à Villanueva. Ils vont et viennent d'une ville à l'autre de la côte mais c'est à Villanueva qu'ils retournent toujours ce printemps-là. Paloma trouve étrange d'être dans la même ville que ses parents et ses amis d'antan et de ne voir presque plus personne. Elle sort peu si ce n'est pour courir sur la plage à l'aube. Il lui arrive de croiser des filles qu'elle aimait bien, elles se parlent, leur vie ne se construit pas à la même allure que la sienne et Paloma a l'impression de vivre dans les souterrains de la maison de ses parents : ils la pensent absente et en fait elle est là, juste sous eux, dans l'une des galeries interminables qu'elle a creusées dans la chair de la colline Dollars. Ses amies ont pour consigne de ne pas dire à sa mère qu'elles l'ont vue. Cette injonction en chagrine certaines. Mais elles s'y soumettent. Elles savent qu'il est malaisé et impoli de se mêler des affaires d'autrui, surtout en matière de commerce familial.

Parfois Adolfo interroge Paloma, il veut savoir si ce mode de vie lui convient, il craint qu'elle ne se lasse. Elle lui répond alors que si elle devait mourir le jour qui suit elle saurait que les moments passés avec lui ont été les seuls à donner du sens à sa vie. Elle affectionne ce type de sentence qui fait sourire son amoureux.

Pour qu'il comprenne bien à quoi ressemblait son existence avant lui, elle l'emmène à plusieurs reprises chez ses parents quand ceux-ci sont en voyage. Elle pense que sa mère a deviné leur présence et c'est comme si celle-ci avait pour une fois mesuré l'importance d'être discrète, de ne laisser aucun message ou de signe ostentatoire ; elle ne fait que leur donner la possibilité d'entrer en ne réparant pas l'alarme. C'est comme une complicité *posthume*.

Le 26 avril, alors qu'ils habitent chez la vieille dame de Salvatierra, Adolfo part faire quelques courses dans un supermarché pour fêter l'anniversaire de Paloma.

Ils n'ont pas d'argent. Adolfo doit se remettre au boulot. Mais une heure après il revient les bras chargés de victuailles et d'alcool.

— J'ai pris du champagne, dit-il.

Paloma ignore comment il a bien pu payer tout ça – il y a des huîtres, des crabes géants et du fromage italien. Il lui raconte qu'il est allé à l'épicerie chic de Villanueva, il a juste pris un bocal d'anchois au sel, c'est tout ce qu'il pouvait payer, mais il y a eu un hold-up quand il était à la caisse, tout le monde s'est allongé par terre alors il a fait demi-tour en rampant vers ce qu'il y avait de plus cher dans les étals. Quand le braqueur est parti il a profité de la confusion pour sortir sans payer.

— Ce dingue tirait dans tous les sens, ajoute-t-il en débouchant le champagne.

Elle se demande : Quel genre d'homme fait cela ?

Quel genre d'homme fait cela pour l'anniversaire de sa bien-aimée ?

Pendant l'été elle voit Adolfo devenir de plus en plus inquiet pour son frère, il l'appelle de loin en loin chez le boucher d'État d'Irigoy à des heures dont ils conviennent, mais arrive un moment où il n'arrive plus à joindre Eguzki, celui-ci ne vient plus à leurs rendez-vous téléphoniques, alors Adolfo se fait du souci, surtout que le boucher lui dit qu'il n'a pas vu son frère depuis perpète, et puis de nouveau Eguzki est là, au bout du fil, il reprend le rythme de leurs rendez-vous téléphoniques, il se plaint de leur père et dit qu'il veut partir mais qu'il ne peut pas (et parfois il dit le contraire, il dit qu'il pourrait partir mais qu'au fond il ne veut pas), Adolfo est préoccupé et Paloma lui propose quelque chose pour se changer les idées (c'est à peu près à la même époque qu'elle lui demande, « N'as-tu jamais songé à organiser ta colère ou ton désappointement ou ton désenchantement, n'as-tu jamais imaginé en faire quelque chose de plus communautaire », et il lui répond que c'est une pensée bourgeoise de vouloir tout ordonner, lui il est juste un individu qui grappille à droite à gauche, il n'a aucune envie de s'organiser et de changer d'échelle), elle est sûre que son plan chassera les idées noires, elle dit que ça les amusera, c'est comme une blague ou un pari ou une possibilité du réel, un truc à raconter à leurs petits-enfants si jamais ils en ont, rien de définitif, rien d'une entrée fracassante dans la délinquance – ils choisissent Fromentier parce que Paloma le connaît ; il vendait des bijoux à sa mère ; le bonhomme est un archétype du connard raciste et vicieux, Paloma dit à Adolfo, « Foutons le bordel dans sa petite entreprise », et Adolfo lui concocte l'effraction, oui c'est à peu près ça, puisque Paloma ne saurait, elle, comment fracturer une porte et neutraliser un système d'alarme, alors il lui fait cadeau d'un faux casse chez Fromentier. Paloma est heureuse et, pendant quelques jours, Adolfo oublie ses préoccupations. Puis de nouveau il s'assombrit. Quand elle l'interroge, il lui fait une réponse bizarre, il lui dit que ce qu'il veut, c'est rester auprès d'elle parce qu'elle est comme un ensemble de molécules dans un vent stellaire et qu'il a peur qu'elle ne s'éparpille dans l'espace.

Et puis juste après il lui dit encore, « Il faut que j'aille chercher mon frère ».

Et elle répond, « Je t'accompagne ».

La catastrophe
au fond de la mine

Paloma a rencontré Eguzki.

Et c'était comme de découvrir un mineur coincé au fond d'un refuge par deux cent cinquante mètres de profondeur après un coup de grisou.

Il avait le visage détruit, les yeux exorbités et le dos voûté-bossu.

Paloma s'est dit, « Il n'y a donc jamais d'autre solution que de partir ? ».

Un petit jeune homme
dans un costume trop grand

Paloma n'était pas allée depuis des années à Irigoy alors elle avait préalablement informé Adolfo qu'elle aimerait passer chez son grand-père. Ils étaient en voiture, Adolfo en avait déniché une, il avait dit qu'on la lui avait prêtée, mais Paloma était sûre qu'il l'avait empruntée sans en avertir son propriétaire. C'était un coupé japonais, un coupé bleu roi, avec des enjoliveurs à rayons, pas une voiture pour aller à Irigoy.

Ils ont donc d'abord rendu visite à Miguel Gastorozu et à son chien Miguel Gastorozu et Paloma était heureuse qu'Adolfo rencontre son grand-père (même si ce n'était pas véritablement une rencontre puisque le vieil homme ne savait pas à qui il avait affaire et qu'il les regardait en cherchant des indices dans sa mémoire fugitive). Paloma est allée dans la cabane où il joue généralement du luth, elle avait envie de la montrer à Adolfo. Adolfo a approuvé :

— Ce serait un bon endroit pour se cacher.

Paloma s'est dit qu'elle n'avait jamais pensé à une chose pareille.

Ensuite ils sont partis pour le restaurant de Calderon retrouver Eguzki. Mais il n'est pas venu. Alors ils sont retournés chez le grand-père et le grand-père a plissé les paupières pour tenter de se rappeler leur nom, il a fait comme s'il se souvenait d'eux, il les a de nouveau accueillis, ils ont dormi et fait l'amour dans la cabane au luth et le lendemain ils sont repassés au restaurant.

Ils y trouvent Eguzki, attablé devant une assiette de beignets, et sa posture est à la fois si fuyante et si agressive qu'Adolfo ne lui fait aucun reproche pour le rendez-vous manqué de la veille.

Eguzki mange ses beignets face à eux, il suce ses doigts un à un avec une application curieuse (il fixe ses doigts en les léchant).

Eguzki est moins grand que son frère, il porte les cheveux rasés et s'habille comme un paramilitaire, dans des vêtements trop grands qui appartiennent sans doute à son père, ce garçon n'a pas d'habits à lui, pas de voiture à lui, rien qui lui appartienne en propre, on aperçoit ses tatouages faits maison sur les avant-bras et dans le cou, croix en tous genres et il a même un pendu sur le poignet. Mais rien de tout cela n'a l'air approprié. Il ne fait qu'arborer les oripeaux d'un autre, comme s'il avait ramassé une dépouille humaine dans le désert et s'en était recouvert pour se protéger du froid ou des intempéries. Il faut se concentrer sur Eguzki, le scruter pour avoir une chance de percevoir le garçon qu'il doit être en réalité, il a des yeux de faon, noirs et insondables, et il abrite quelqu'un en son cœur, mais cette personne est sans doute muselée et plus très bien en point. Où est caché le petit garçon dont Adolfo avait parlé à Paloma ? A-t-il totalement disparu ? Paloma imagine un enfant retenu prisonnier au centre de ce corps. Elle regarde intensément le frère d'Adolfo pour faire apparaître le petit Eguzki mais c'est un effort épuisant comme de convoquer un fantôme.

Il dit, « D'accord, je viens avec toi ».

Il le dit comme s'il concédait quelque chose à Adolfo, pourtant n'est-ce pas lui qui a appelé au secours, n'est-ce pas lui qui a crié au téléphone, « Je n'en peux plus, sors-moi de là », il y a de l'affèterie dans sa façon de prononcer, « D'accord je viens avec toi », et puis bien entendu il semble insister pour ignorer Paloma, quel commerce entretient-il donc avec les femmes. Avant de partir pour Irigoy celle-ci a interrogé Adolfo sur leur mère, elle lui a demandé s'il savait où elle était et il a haussé les épaules puis il a dit, « En fait je suis sûr qu'elle est dans une autre ville avec un autre homme et d'autres enfants et qu'elle mène une vie paisible dans une maisonnette avec une treille et des volets flambant neufs ». Il a ajouté avec désinvolture, « Et elle doit passer son temps à faire des biscuits ». Paloma a alors imaginé une maison en massepain avec un toit en nougatine et des enfants en pain d'épice souriant devant la porte.

Quand son frère lui dit qu'il accepte de partir avec lui, Adolfo a l'air soulagé, il sourit, ça fait longtemps qu'il n'a pas souri, Paloma s'en rend compte au moment où elle voit son visage se détendre, il se renverse sur le dossier de sa chaise en plastique (le restaurant de Juanito Calderon est un endroit où les chaises sont en plastique blanc et les tables recouvertes de nappes transparentes. Sous les nappes il y a des photocopies agrandies d'images de chasse, ou plutôt d'images de retour de chasse, on voit une antilope attachée au pare-chocs de sa camionnette, ou une guirlande de perdrix rousses qui pendouillent sur son pare-brise, sur chaque table il y a un verre coloré dans lequel sont disposées trois fleurs en tissu poussiéreux – cette étrange matière duveteuse des fleurs en tissu qui ne peut jamais être nettoyée ni avec un chiffon sec ni avec un chiffon mouillé. Les hommes qui vont boire leur maté et fumer chez Juanito Calderon portent tous un chapeau en cuir comme celui que portait Adolfo la première fois que Paloma l'a vu. Chez Juanito Calderon on mange du poulet grillé, de la viande rouge (même les pizzas sont à la viande), des beignets et du gratin de nopal).

— Dans ce cas on ne va pas tarder, dit Adolfo.

— Il faut d'abord que je prenne mes affaires, répond calmement Eguzki en s'étirant et en regardant dehors comme s'ils s'apprêtaient à partir en vacances et qu'il ne voulait surtout pas oublier son matériel de pêche sous-marine.

Adolfo commence d'abord par refuser, ensuite il tente de parlementer, il dit qu'il n'y a rien à prendre dans la vieille baraque de leur père, il craint sans doute qu'Eguzki ne renonce à s'enfuir s'il repasse par la maison, mais Eguzki insiste, il prend un air buté, je ferme les écoutilles et je n'écoute plus rien de ce qu'on me dit, et Adolfo accepte à la condition qu'il consente à être accompagné. Adolfo demande à Paloma de retourner chez son grand-père et de les y attendre mais elle refuse, elle ne l'a jamais vu aussi agacé et tendu, elle dit tout de même, « Je viens avec vous », et Adolfo a une mimique impatiente, « Fais comme il te plaira ». Eguzki s'exclame, « Ah non elle ne peut pas venir », comme si Adolfo était sur le point d'installer un nid de guêpes dans la voiture, « Non non non, elle ne vient pas », répète Eguzki. Il y a quelque chose qui se fêle dans sa voix ; on dirait qu'il va perdre la raison d'ici une à deux minutes. Adolfo lui demande de quoi il a peur et Eguzki ne sait quoi répondre, il se lève et passe devant Paloma comme si elle n'existait pas, bousculant sa chaise et poussant la porte pour sortir, ils prennent place tous les trois dans la voiture d'Eguzki, c'est la voiture de son père, qu'il emprunte généralement pour aller déjeuner chez Juanito Calderon et faire quelques courses, et ils font le chemin sans un mot jusqu'à la maison, et ce n'est pas rien, ni pour l'un ni pour l'autre, d'emprunter ce trajet, Eguzki parce qu'il pense le faire pour la dernière fois, et Adolfo parce qu'il pensait ne jamais le refaire. Adolfo est à la place du mort et il ne bouge pas plus qu'une pierre, à part tous les trois kilomètres pour jeter son mégot par la fenêtre et rallumer une cigarette, ils arrivent et on entend les chiens aboyer depuis déjà un moment, Eguzki s'arrête dans la cour, il dit, « Il ne leur donne jamais rien à becqueter, ça les rend dingues », et pendant un instant Paloma craint que la voiture ne redémarre jamais, elle se dit qu'ils vont rester coincés dans cette cour avec ces cadavres de voitures éparpillés et le père qui va sortir sa mitrailleuse et lâcher ses chiens, et puis Eguzki descend, il entre dans la maison, et Paloma pense qu'il ne ressortira pas, elle ne peut s'empêcher de demander, « C'est ici ? » et c'est une question absurde mais il lui faut cette assurance, c'est l'endroit le plus sinistre de la création, et Adolfo se tourne vers elle, il tend la main vers son visage, « On attend le gamin, dit-il, et on s'en va », comme si c'est cela qui inquiète Paloma alors qu'au fond c'est juste que ce lieu semble mort et putréfié et que Paloma ne peut que deviner quel genre de vie l'on mène dans ce type de maison, « Je ne peux pas sortir aider Eguzki, précise-t-il, la dernière fois que j'ai vu mon père je lui ai filé une rouste, et s'il me revoit il me tue ». Il allume une cigarette, « Ou c'est moi qui le tue ».

Eguzki ressort, il tient un sac plastique à la main droite, il court jusqu'à la voiture.

— Il n'était pas là, dit-il en s'installant au volant.

Il balance le sac plastique à l'arrière, et Paloma le reçoit sur les genoux, il est plein de plâtre, elle croit d'abord que c'est de la craie, elle regarde à l'intérieur, il y a trois couteaux de chasse et de l'argent.

— J'ai pris le fric qu'il y avait dans le mur, dit Eguzki.

— Ce n'était pas la peine, soupire Adolfo.

Eguzki démarre, il dit qu'il laissera la voiture en ville, il fait crisser les pneus, il a l'air tout à coup très pressé de s'en aller, très soulagé, et Paloma, au moment où ils sortent de cette cour de ferrailleur, voit l'expression de son regard dans le rétroviseur, son visage rougeoie d'excitation, on a l'impression qu'il quitte une maison en flammes.

Deux plus un

Vivre avec Eguzki ne fut pas simple.

C'était comme de côtoyer un enfant hostile, d'être la belle-mère de cet enfant, ma mère est morte et tu n'es pas ma mère, et de n'avoir à la fois aucun droit, aucune aptitude, aucun désir d'être accompagné par ce gamin.

Il avait tout de suite dit et répété en boucle :

— Maintenant que le vieux n'a plus personne à tyranniser je suis sûr qu'il va se laisser crever. Et il riait très fort en prononçant cette phrase, mais c'était un rire qui ne sonnait pas juste, un rire un peu discordant, un rire sans harmonie.

Eguzki avait souvent un comportement inexplicable. Il n'était pas à l'aise avec le monde extérieur. Il ne mettait un pied dehors que lorsque son frère l'accompagnait mais parfois il s'emballait, il disait qu'il allait partir, qu'il travaillerait dans les casinos de la côte, il faisait des plans sur la comète. Juste après il se renfrognait, il passait deux jours caché derrière les rideaux, à surveiller la rue, persuadé que son père allait venir le chercher pour le ramener à la maison d'Irigoy, « Il me suit, disait-il à son frère, je suis sûr qu'il me suit ». Quelquefois il faisait une tentative pour sortir de la maison, on sentait qu'il prenait sur lui, qu'il faisait des efforts.

Le jour où il est rentré du supermarché avec vingt-huit mangues Paloma a mesuré la peine qu'il se donnait pour ne pas demeurer un satellite. Quand il est arrivé, Paloma était dans la cuisine, bouquinant en buvant du thé. Elle l'a regardé déballer les vingt-huit mangues au milieu de la table, elles formaient une sorte de terril effondré ou une offrande. Il s'est assis un peu en retrait pour les observer comme si elles étaient devenues menaçantes ou radioactives, il a dit, « Je crois qu'il y en a vingt-huit », Paloma lui a demandé pourquoi il avait acheté vingt-huit mangues, et Eguzki a paru désorienté, la seule justification à la présence de ces vingt-huit mangues sur la table était apparemment qu'il y avait une promotion sur le fruit en question : une mangue gratuite pour quatre mangues achetées. Et Eguzki a dit s'être emberlificoté dans ses calculs (il ne se souvenait pas s'il s'agissait d'une mangue offerte en plus des quatre payées ou si la quatrième mangue du lot était gratuite). Il avait recompté six fois les mangues au supermarché, la caissière s'y était mise aussi et ensuite des clients avaient proposé de les aider. Eguzki a dit, « Il y en avait trente et une à un moment. Et puis le coup d'après vingt-six ».

Il a demandé à Paloma de les compter.

Et Paloma a voulu savoir ce qu'il pensait faire avec autant de mangues.

Il a haussé les épaules comme si lui aussi ça le rendait perplexe, cet amas de mangues au milieu de la table de la cuisine. Alors il a sorti le couteau qu'il avait toujours sur lui et il a partagé une mangue en deux. Il a offert le plus joli morceau à Paloma, celui où il n'y a pas le noyau, et il a gardé l'autre pour lui. Quand Adolfo est rentré, il les a trouvés en train de manger des mangues, assis à la table en formica, poisseux et concentrés.

Paloma n'avait pas imaginé possible de partager sa vie avec une autre personne que son bien-aimé, mais elle s'est découverte généreuse et désintéressée, patiente aussi, elle était prête à cela pour Adolfo même si rester seule dans la même maison qu'Eguzki, savoir qu'il tournicotait dans les pièces et fouillait les placards, était parfois inquiétant. Elle l'entendait râler, il se plaignait tout le temps de l'inconfort, ce qu'on lui offrait là ne paraissait pas correspondre au contrat qu'il avait signé, comment ça, la piscine n'était pas chauffée et on ne captait pas les chaînes de la télé américaine, Paloma s'enfermait dans une chambre pour lire mais elle l'entendait remuer, claquer les portes, traîner les pieds dans les couloirs. Ils avaient fini par réinvestir la maison de la vieille dame à Salvatierra, et Eguzki avait plissé le nez.

Adolfo remerciait Paloma quand il rentrait, il disait, « Le petit doit s'habituer », et on avait l'impression qu'il parlait d'un enfant sauvage qui aurait été élevé par des loups, « Ne t'inquiète pas, tout redeviendra comme avant », et il caressait sa douce et celle-ci ne faisait que deviner quel lien existait entre les deux frères.

In situ

Paloma a fini par s'habituer à la présence d'Eguzki.

On était en novembre 1997. Il disait, « Ça va être mon premier Noël sans le vieux », comme si cela avait pu avoir une signification de passer un Noël supplémentaire à Irigoy près du hangar à chiens. À quoi pouvait ressembler un Noël avec le père des deux frères ? Elle n'arrivait pas à comprendre s'il y avait de la nostalgie dans la voix d'Eguzki, ou de la satisfaction, s'il se réjouissait ou était accablé. Il est probable qu'il passait d'un état à l'autre et ignorait lui-même sur quel pied danser. Paloma a commencé à se demander ce qu'elle allait lui trouver pour Noël, elle en a parlé à Adolfo et ses interrogations l'ont fait rire, « Pour Noël on quittera le pays », a-t-il dit, elle ne savait pas s'il parlait d'eux deux ou s'il pensait mettre son frère dans sa valise. Et puis de toute façon elle n'y croyait pas, c'était une manière de parler, une manière de lui dire que le monde était vaste et presque à leur portée.

Un soir Eguzki n'est pas rentré et Paloma s'est inquiétée. Adolfo l'a rassurée mais elle n'a pas réussi à dormir, les yeux grands ouverts dans l'obscurité de la chambre, écarquillés comme si leur écarquillement même allait l'aider à entendre le claquement de la porte d'entrée et le chuintement de pas sur le carrelage du couloir. Elle a fini par s'assoupir, se réveillant brutalement vers cinq heures du matin, se levant silencieusement, se dégageant du bras de son amant et marchant à pas de loup vers la chambre d'Eguzki. Il n'y était pas. Mais elle l'a découvert au rez-de-chaussée, ronflant sur le canapé, en costume rouge satin (mais d'où sortait-il cette horreur ?) et chaussures à lacets imitation croco (avait-il jamais porté des chaussures à lacets avant ce jour ?), le bras pendant vers le sol, avec ses tatouages incongrus qui dépassaient des manches, empestant si fort le gin que l'atmosphère du salon en était saturée, on aurait dit un jeune gars qui se serait marié ivre mort pendant la nuit dans une chapelle de Las Vegas, et qui allait plusieurs heures après son réveil mesurer l'ampleur des dégâts nocturnes. Elle est remontée se coucher et le lendemain elle a voulu savoir où il avait passé la nuit, il a dit, « Au casino », et son visage était dans un état épouvantable, comment peut-on avoir l'air si vieux en étant un si jeune homme, sa peau amollie ne paraissait pas attachée à ses os, mais flanquée là, approximative.

Elle a dit à Adolfo, « Changeons d'endroit ».

Il a peut-être pensé objecter que c'était elle qui avait voulu passer la fin de l'année dans la maison de la vieille dame mais il a simplement répondu :

— Très bien, je vais nous trouver quelque chose d'autre.

La semaine suivante, il leur a dégoté un appartement avec vue sur la mer. Il évitait en général les appartements parce qu'on y croisait des gens dans les escaliers et cette promiscuité les obligeait à un peu plus de discrétion que dans les villas surprotégées avec haie de trois mètres et mur piqué de tessons de bouteilles. Et puis il n'y avait pas de jardin et cette absence végétale déplaisait à Adolfo.

Juste avant Noël Eguzki a confié à Paloma qu'il s'était fait une amie.

Elle était croupière au casino, elle s'appelait Teresa, elle devait avoir quinze ans de plus qu'Eguzki et elle s'était prise d'affection pour lui.

— Elle va me protéger, dit-il.

— Te protéger de quoi, Eguzki ? a demandé Paloma.

— Me protéger du vieux. Quand il va venir me rechercher avec sa sulfateuse et ses chiens.

— Il ne sait pas où tu es. Tu n'as pas besoin de cette fille…

— Cette femme.

— Tu n'as pas besoin de cette femme pour te protéger.

— C'est son ex qui va me protéger.

— Son ex ?

— Il est lieutenant de police à Villanueva. Elle va lui demander de me protéger.

— Elle va parler de nous à un lieutenant de police ?

— De moi, juste de moi. Vous n'avez rien à voir là-dedans.

— Eguzki, tu fais n'importe quoi. Tu te rends compte que si la police débarque ici, ils vont nous coffrer.

— Mais pourquoi ? On ne fait rien de mal.

Paloma l'a scruté pour voir s'il plaisantait, s'il se moquait d'elle, s'il était réellement d'une dangereuse candeur, ou si son crâne abritait le cerveau d'un enfant de huit ans.

— Ne le dis pas à ton frère, ça va le rendre dingue, lui a-t-elle intimé.

Elle s'est surprise à le regarder comme s'il était de l'autre côté de l'estuaire, que sa maison brûlait, qu'il lui faisait des signes à l'étage pour lui montrer la beauté des flammes et qu'elle ne pouvait rien faire d'autre que de s'agiter en faisant de grands gestes et de grands sauts qu'il prenait pour de l'enthousiasme.

La veille de Noël, elle s'est accoudée au balcon, le nez dans le vent, pour fumer la première cigarette du matin (elle fumait depuis peu malgré la course à pied), Adolfo dormait toujours et Eguzki aussi, elle goûtait ce moment où le soleil n'est pas levé, il était derrière les collines encore, on pouvait deviner comme un frémissement de l'air, un crépitement léger qui annonçait une nouvelle journée, et il y avait quelque chose de miraculeux à ce que le soleil apparût chaque jour derrière la colline, Paloma se sentait étrangement redevable de cette fidélité éblouissante et inexplicable, comme si elle s'attendait à ce qu'il les trahît et ne se montrât pas un matin, elle réveillerait Adolfo et lui dirait avec précaution, « Le soleil ne s'est pas levé aujourd'hui », elle a fumé cette cigarette donc, tout entortillée dans la veste en laine de son hôtesse involontaire, pensant aux promesses d'Adolfo, à son désir de départ et de voyages, désirs discontinus et hésitants qui le rendaient émouvant, elle a regardé l'horizon, la mer, les îles puis le bas de la rue et elle a vu la voiture de police et le type qui y était adossé, qui lui aussi fumait une cigarette dans l'air lavé du petit matin, il y avait de la lumière dans la rue, les réverbères n'étaient pas éteints, les camions-citernes tournaient dans le quartier avant d'apporter l'eau potable dans les cités du nord de la ville, Paloma a observé la silhouette de cet homme, elle n'a pas cherché à se cacher, elle a deviné qu'il était le policier dont lui avait parlé Eguzki, « Il est venu jusqu'ici », a-t-elle murmuré, il a jeté son mégot par terre, il a levé la tête vers elle et, malgré les cinq étages qui les séparaient, leurs regards se sont croisés.

Paloma a battu en retraite vers l'appartement, elle est allée réveiller Adolfo et elle lui a dit, « Il faut encore qu'on change d'endroit, mon amour ».

Le K

Ce fut comme dans cette histoire que sa mère lui lisait quand elle était enfant. Cet énorme requin qui suit le héros toute sa vie, où qu'il aille, quoi qu'il fasse, et celui-ci effectue, croyait-elle se souvenir, dix fois le tour de la terre pour échapper au requin. Jusqu'au jour où il se décide, épuisé, à aller à la rencontre de son traqueur. Mais comment l'histoire se terminait-elle ? Paloma ne cessait d'y penser quand ils ont changé d'adresse et qu'elle a vu que le policier était toujours là, à l'aube, adossé à la portière de sa voiture, immobile et patient.

Un matin elle est descendue dans la rue et elle est allée vers lui, elle a marché vers ce flic, et il l'a regardée venir à lui, il a éteint sa cigarette sous sa chaussure et quand elle a été assez proche de lui il lui a tendu la main et Paloma a eu le temps de trouver étrange le fait qu'il lui tende la main, les flics vous serrent-ils la main quand ils ont l'intention de vous arrêter, alors elle a fait une imperceptible pause, elle pensait jouer les effarouchées et attaquer d'emblée, la petite fille riche reprenait le dessus, vous êtes à mon service, cher ami, elle pensait faire l'effarouchée donc, ou l'offusquée ou la princesse innocente, elle pensait lui demander qui il était, et le lui demander avec suffisance comme s'il était négligeable quantité, comme si elle était en position de force, c'est son père qui lui disait toujours, « Il suffit de convaincre ton interlocuteur que tu es plus digne que lui et que tu as plus raison que lui, et tu n'as parfois même pas besoin de prononcer un mot, il s'agit juste d'une affaire de menton, lève le menton et tu seras toujours la plus forte », mais elle n'a pas eu le temps de mettre en pratique les conseils si astucieux de son père parce que le flic s'est penché vers elle, il était très grand, et il a dit, « Je suis le lieutenant Taïbo. J'ai mis du temps à te retrouver ».

Un matin après l'autre

Taïbo lui a dit, « Maintenant il va falloir arrêter ».

Elle n'en a pas parlé à Adolfo, comment dire à Adolfo qu'un flic bizarre qui les surveillait depuis un moment, prévenu par l'intermédiaire d'Eguzki, un flic bizarre, avec un air malchanceux, comment lui dire qu'elle avait accepté de le suivre dans une cafétéria du bord de mer pour discuter, comment lui dire qu'il lui avait paru bienveillant et inoffensif.

— J'ai reçu plus de plaintes vous concernant qu'il n'y a de mouettes sur ce bord de mer.

Ce flic fumait tant que ses doigts avaient pris une teinte de tabac brun.

— Il faut vraiment arrêter sinon ils vont finir par vous choper et tout ça finira mal.

Il lui a dit qu'Eguzki n'avait plus rien à craindre, son vieux tourmenteur de père était mort, et de toute façon celui-ci ne serait jamais allé le chercher aussi loin de son territoire.

— Ce genre de type n'est pas aussi dangereux qu'on veut bien le croire.

Elle eut l'impression qu'il parlait en connaissance de cause.

Il l'a informée qu'il les avait surveillés hors de ses heures de travail.

— C'est pas le flic Taïbo qui vous a retrouvés, c'est un type lambda.

Elle ne lui a pas demandé pourquoi le type lambda n'avait pas alerté le lieutenant et pourquoi le type lambda les suivait en uniforme. Elle l'a laissé parler, il buvait du café au lait, il a dit, « Un jour après l'autre ». Il a précisé, « J'ai compris que je devenais alcoolique quand un matin j'ai eu envie de m'attabler devant un bol de martini ». Elle a senti qu'il tentait de l'apprivoiser, que ce qu'il livrait de lui-même ne servait qu'à le faire paraître plus pacifique encore. Elle a oublié la petite fille riche, elle l'a rangée bien serrée dans un coin, elle l'a muselée et a fermé la porte sur elle.

Taïbo a expliqué que selon la nouvelle justice communautaire, puisque Adolfo était irigoyen, s'il était arrêté, il devrait être transféré à Irigoy et que ce pouvait être une chance, n'est-ce pas, vu que les Irigoyens se foutaient pas mal des effractions de bijouterie et des couinements que poussaient les bourgeois de Villanueva quand ils voyaient leur parquet souillé. Mais rien n'était sûr à Irigoy. Un garçon comme Adolfo pouvait aussi profondément déplaire aux Irigoyens, à cause du mode de vie qu'il avait adopté et aussi du père qu'il avait eu, et mauvais sang ne saurait mentir, qui sait alors ce qui leur passerait en tête.

— Débrouille-toi pour prévenir Adolfo qu'il faut en finir avec cette vie de squatteurs.

Il entourait de ses mains son bol de café au lait ; il semblait avoir froid et n'avoir pas dormi de la nuit. Inexplicablement il plaisait à Paloma, il lui évoquait quelque chose qui lui échappait sans cesse, une silhouette dans un rêve qui à chaque fois que vous la rattrapez se transforme en poussière.

— Mais pourquoi faites-vous cela ? n'a-t-elle pu s'empêcher de demander quand il s'est levé en s'ébrouant.

Il a secoué encore la tête comme si ce n'était pas la question à poser, il a soupiré, payé son café au lait et dit :

— Parce que je connais ta mère.

Peau d'âne

Elle a dit à Adolfo :

— Finissons-en. Quittons le pays ou installons-nous quelque part.

Il a penché la tête de côté, plissé les yeux, tentant de percer ce que ces mots signifiaient.

Elle a ajouté :

— Je suis fatiguée. Et ce n'est pas une vie pour Eguzki.

Il a haussé les sourcils, dubitatif.

Mais ensuite il lui a souri parce qu'il ne pouvait cesser longtemps de sourire à Paloma, il a dit, « D'accord, que puis-je te refuser », il l'a prise dans ses bras, a caressé ses longs cheveux blonds, il a dit, « Partons au printemps », et elle a su qu'ils ne partiraient pas, parce qu'au printemps il y aurait les jardins, et Adolfo aurait envie de rester pour s'occuper des jardins, Paloma craignait pour le moment uniquement que son aimé ne se fît arrêter, « Je ne veux rien d'autre qu'être auprès de toi », lui a-t-il dit, elle a pensé, « Me lasserai-je de cela ? me lasserai-je de l'amour qu'il me porte ? » et elle a su, avec autant de certitude qu'elle en avait sur le fait qu'ils ne partiraient pas au printemps, elle a su qu'elle ne se lasserait pas avant longtemps de son amour, elle s'est vue vieille dans ses bras, et ses cheveux blonds ne seraient plus blonds, et elle serait une vieille dame qui toujours lirait et écrirait, mais il faudrait avant cela avoir fait le tour du monde, alors elle a dit, « Partons maintenant, emmenons Eguzki et quittons Villanueva et Salvatierra et ne remettons les pieds sur cette côte que lorsque nous aurons vu mille autres choses ».

Elle a choisi Ottawa. Elle a dit, « J'ai toujours rêvé d'aller à Ottawa ». Il a acquiescé et répondu, « Pas de problème ». Et c'était extraordinaire, cet homme qui disait, « Pas de problème », qui sentait qu'il fallait dire, « Pas de problème », c'était comme de choisir la robe couleur de lune et qu'il approuve et dise, « Je m'en occupe ».

Il a fait ce qu'il avait à faire, ce n'était pas si difficile, il a joint qui il devait joindre et il est rentré en annonçant, « Nous partirons dans une semaine », et ne pas lui demander comment il se débrouillait pour obtenir ce genre de chose était encore une fois accepter d'être menottée, agréablement menottée, mais dépendante de la volonté et de l'amour de cet homme. Paloma a pensé, « C'est ce que j'ai à vivre, chaque chose en son temps ».

Un endroit où aller

Avant de partir, elle a voulu remercier Taïbo
(de quoi au fait ? de les avoir prévenus que cette
vie-là allait finir, de leur donner une chance de
voir Ottawa ensemble ? Ou d'être un homme qui
connaissait sa mère ?) mais il n'est plus venu le
matin sous ses fenêtres.

Quand elle a appelé le poste de police on l'a
informée que Taïbo était en congé parce qu'il
venait de déménager. Elle a précisé qu'elle était
sa nièce et que justement elle n'avait pas sa nouvelle adresse. Le type au téléphone a fait une
pause prudente, mais Paloma avait la voix si
douce, elle savait si bien enrober ses mots de
miel, elle savait si parfaitement endormir la vigilance de son interlocuteur, Je suis une innocente
créature, qu'il a fini par lui indiquer où elle pouvait le trouver.

Elle est partie en bus. Le type au poste de
police ne lui avait pas donné d'adresse précise
mais il lui avait décrit l'endroit. Une maison
entre la mer et la route du nord qui longeait
la côte vers la pointe, la route qu'on appelait la
route des Saintes à cause des jeunes filles vierges
violées sur ladite route pendant les grandes
heures sauvages de ce pays. À chaque fois que

240

Paloma empruntait cette route, elle pensait à tous les enfants nés de ces viols.

La maison était censée être jaune, pas très loin de l'ancienne conserverie de thon, et encadrée de deux palmiers à typhon – sur toute la côte les palmiers à typhon servent à savoir si le vent forcit et s'il devient dangereux, ce sont eux qu'on voit d'abord plier le nez, on voit leur cime s'agiter d'une manière particulière et on sait qu'il reste peu de temps pour se mettre à l'abri. Quand Paloma était gamine, son père, perché sur sa colline, lui montrait les maisonnettes du front de mer, il secouait la tête d'un air désolé et il disait, « Elles sont bien trop près de la mer ». Et peut-être qu'à l'instant même il était en train de regarder le bas de la colline et la route des Saintes qui sinuait le long de la côte et qu'il se disait encore ce genre de chose, bien qu'il fût lui-même assis sur la terrasse de sa maison qui se fissurait et subissait d'infimes glissements de terrain la faisant dégringoler vers la mer lentement et d'année en année.

Paloma est descendue du bus et elle a marché sur la route pour trouver la maison du lieutenant.

Elle était si jaune qu'elle n'a pas pu la louper, elle a fait le tour du grillage qui la ceinturait et elle est entrée dans le jardin par le portail rouge.

Elle n'a pas remarqué qu'il y avait une boîte aux lettres, sinon elle aurait vérifié que le lieutenant Taïbo habitait bien là et cela aurait tout changé.

Elle a frappé à la porte, celle-ci était ouverte mais l'intérieur de la maison était camouflé par un rideau de capsules multicolores alors elle a appelé, « Lieutenant Taïbo », elle a regardé vers la plage en se disant qu'il y était peut-être et quand elle s'est tournée de nouveau une femme se tenait devant elle soulevant d'une main le rideau et la fixant d'un air gêné et engageant à la fois (une sorte de rougissement ému). Et cette femme était Vida, sa mère.

Paloma a accusé le coup, son menton est tombé de quelques centimètres, elle a bredouillé quelque chose comme, « Mais qu'est-ce que tu fais là ? ». Et elle a senti les rouages de son cerveau se mettre à chauffer pour tenter de trouver une explication à la présence de sa mère dans cette maisonnette jaune.

— Viens, viens, viens, entre, a dit celle-ci.

Mais Paloma serait bien restée dehors tant elle jugeait cette situation saugrenue ; demeurer à l'extérieur de la maison lui paraissait la meilleure chose à faire, c'était comme d'avoir encore un pied dans la réalité.

Vida a fait un geste vers Paloma, elle a touché son bras, « Je suis si heureuse de te voir », a-t-elle dit, alors Paloma l'a suivie docilement, à pas mesurés comme si elle était sonnée, et sa mère l'a guidée vers la terrasse en bois qui faisait face à la plage, qui d'ailleurs faisait corps avec la plage, puisque les lattes étaient recouvertes de sable et de minuscules coquillages, il y avait même un crabe qui crapahutait de biais sur une marche. La maison était tout emplie de cartons et Vida, Paloma le remarquait à l'instant, portait un pantalon de treillis trop grand et un débardeur mauve avec une marque de bière sur la poitrine, ses cheveux étaient maintenus par une pince en plastique noir, Gustavo aurait dit, « Tu

ressembles à une bohémienne », mais que foutait là la voix de Gustavo parasitant sa fille pendant que celle-ci dévisageait Vida.

Paloma s'est assise dans un fauteuil sur la
terrasse comme sa mère le lui proposait et elle
se répétait en boucle, « Que se passe-t-il que se
passe-t-il que se passe-t-il ? ». Vida l'a laissée un
instant pour lui préparer un thé, elle s'est excusée depuis la cuisine, « Je n'ai pas mis la main
sur la bouilloire, je fais chauffer l'eau dans une
casserole, j'arrive, j'arrive », et Paloma en a profité pour reprendre ses esprits, Vida est revenue
avec l'eau bouillante et le thé et elle a dit en
s'asseyant :

— J'ai quitté ton père.

Paloma a eu besoin de clarifier les choses
même s'il lui semblait en être *empêchée*, elle a
demandé (parce que le lieutenant Taïbo avait
l'air d'être le genre d'homme à faire ce genre de
chose) :

— Et c'est le lieutenant Taïbo qui t'héberge ?

Vida a ri, et Paloma scrutait son visage tandis
qu'elle riait parce qu'elle voulait être sûre de bien
la reconnaître, Vida a secoué la tête, cette toute
nouvelle tête avec ses cheveux blonds de femme
libre :

— Non non non je vis avec lui, j'ai quitté ton
père pour vivre avec lui.

Alors Paloma a dû ressentir au cœur ce pincement spécial que ressentent tous les enfants
quand ils se rendent compte que leurs parents
leur étaient inconnus, qu'ils avaient une vie
sexuelle, des désirs, des secrets ou des envies de
mort volontaire, c'est un pincement spécial qui

les accuse d'avoir été inattentifs et égocentrés, c'est un pincement jaloux et consterné.

Et Vida s'est mise à parler et Paloma s'est installée plus profondément dans le fauteuil en osier, elle ne cessait de scruter sa mère, étonnée de ce que celle-ci paraissait être, si sa mère avait été une enfant Paloma aurait pu dire, « Comme tu as grandi » ou bien « Comme tu as changé », mais ce n'était pas exactement de cela qu'il s'agissait, c'était juste que sa mère n'essayait pas de la serrer dans ses bras, elle ne se mettait pas à pleurer, elle était une femme légèrement différente comme si elle avait fait un pas de côté.

Vida disait :

— Je suis allée à Irigoy avec Taïbo pour t'y trouver. Et tu n'y étais pas. Alors je suis rentrée à la maison. Mais je n'ai pas réussi à simplement rentrer à la maison et à faire comme si de rien n'était. Ce n'était plus possible. Quand Taïbo est revenu, quand il est revenu me voir, plusieurs semaines avaient passé, et ces semaines avaient été douloureuses et angoissantes, mais quand il est revenu je n'ai plus éprouvé aucune angoisse, et c'était dû à son calme, à sa solitude, à sa solidité, j'ai eu l'impression que pendant notre équipée à Irigoy il m'avait pris quelque chose que rien n'avait remplacé et puis en revenant, en venant me retrouver, en mettant tellement plus de temps que ce que j'avais imaginé – parce que, vois-tu, c'est un homme comme ça, Taïbo, un homme qui prend son temps et qui ne fait jamais rien à la légère –, il m'a semblé évident que je ne pouvais que demeurer auprès de lui. J'ai annoncé à ton père que je ne voulais pas de la nouvelle piscine qu'il pensait faire creuser dans le jardin et que si je restais dans cette maison j'aurais le sentiment d'être déjà froide en mon caveau. Il a eu l'air très affligé et juste après il m'a dit, « De toute façon tu vas te choisir un homme riche et plus âgé que toi et tu vas recommencer à t'ennuyer ». J'ai alors compris qu'il ne savait vraiment rien de moi.

Paloma a eu tout à coup envie de voir son père, seul en son caveau.

Elle a eu peur que sa mère ne lui dît du mal de lui mais Vida a juste souri en répétant tranquillement :

— Taïbo est un homme merveilleux.

Et elle a ajouté pensivement, et Paloma a reconnu sa mère dans ces mots, son ancienne mère, l'ancienne Vida presque morte entravée et enveloppée dans ses longs voiles :

— Tu crois que c'est juste parce que je voulais qu'on me prête attention ? Je me suis posé cette question mille fois.

Puis elle a interrogé Paloma, avec délicatesse, comme si celle-ci était une grande blessée et Paloma a regardé avec attention cette femme qu'était sa mère, celle qu'elle avait toujours sans doute été mais si soigneusement camouflée sous ses oripeaux de princesse docile et atone qu'elle en était indétectable.

Vida a dit :

— Taïbo va bientôt rentrer.

Paloma ne savait pas où il pouvait être mais elle a imaginé qu'il devait se trouver en mer à bord d'une barcasse, en train de pêcher des barracudas, cela lui siérait si parfaitement à cet homme, d'être assis immobile et patient. Paloma n'a rien demandé, elle se foutait au fond de savoir s'il était réellement en mer ou parti faire le plein de sa voiture ou à la chasse au mammouth. Elle voulait juste rester là sans bouger.

Toutes deux ont attendu presque silencieusement, elles se souriaient, et c'était un moment si calme, si placide, si doux que Paloma s'est dit, « Je vais revenir ici. Après notre voyage à mon amour et moi, je vais revenir ici ».

Taïbo a finalement tardé à rentrer, Paloma ne l'a pas vu, elle a dit qu'elle repasserait avec Adolfo, elle n'était pas sûre de tenir cette promesse, mais elle a eu envie de la prononcer, ce n'était pas non plus des paroles en l'air, c'était l'idée qu'elle se faisait de son propre départ, dire à sa mère, « Je passerai avec Adolfo », et imaginer dîner avec le lieutenant et Vida sur leur terrasse qui prenait le sable, dîner avec eux et partir pour son Ottawa rêvé.

Quand Paloma lui a dit, « Je reprends le bus », Vida a acquiescé, elle ne s'est pas précipitée derrière sa fille pour l'accompagner, lui proposer quelque chose qui ne lui conviendrait pas, et au moment où Paloma est sortie de la maison elle s'est rendu compte qu'elle savait maintenant des choses insoupçonnables, elle était comme un grand œil attentif et ultrasensible, elle a pensé à son père, à Adolfo et à Chili, elle a pensé à chacun d'entre eux et elle s'est sentie voyante et d'une inconsolable gaieté.

Ce qui reste du vent

En cet instant précis, à l'instant où Paloma sort de la nouvelle maison de sa mère, Gustavo Izarra est en train de conduire sa grosse voiture noire allemande, il écoute la radio et il rit parce qu'il entend des humoristes dire du mal du gouvernement et leur audace l'enchante et l'alarme à la fois, il a rendez-vous avec un laboratoire pharmaceutique, avec un homme dans un laboratoire pharmaceutique, et cet homme pourrait même devenir un ami, sa femme l'a quitté il y a de cela deux ans, il aime le squash et les vieux cognacs, Gustavo Izarra se sent esseulé mais absolument pas malheureux dans le spacieux habitacle de sa magnifique voiture, Gustavo Izarra est un homme qui n'aime pas tant que cela être accompagné.

De son côté, Eguzki se réveille dans la chambre de la vieille dame de Salvatierra, cette chambre qu'il va quitter dans une semaine mais pas pour aller à Ottawa avec son frère et Paloma, sa décision est prise, il va rester ici, tenter de mieux connaître Teresa, cette femme qu'il a rencontrée il y a peu, il ne sait pas grand-chose d'elle, mais il sait qu'ils ne s'effraient pas l'un l'autre, elle dit qu'elle veut s'occuper de lui et c'est si rassurant pour un garçon comme Eguzki de savoir qu'une femme de cette trempe désire être son amie. Il se réveille dans ce petit lit et il pense à son père et il n'a plus peur, la première personne qu'il imagine après avoir eu cette pensée pour son père c'est elle et il se réjouit de la retrouver le soir même, il se réjouit d'aller la chercher à la sortie du casino.

À Irigoy, à l'étage de sa maison, Miguel Gastorozu, posté à la fenêtre de sa chambre, regarde sa cabane, il se dit qu'il faut qu'il y retourne, sa fille reviendra peut-être le voir, et puis il oublie et sa pensée redevient cette chose éphémère qui se dissout en particules brillantes dans l'air sec et coupant du désert.

Le lieutenant Vargas est à la pêche au milieu du lac artificiel à côté d'Irigoy, il voudrait rapporter l'un de ces poissons-chats géants qui lui évoquent des demi-dieux d'eau douce, il voudrait parader au poste avec l'un de ces monstres. Il ne pense à rien d'autre ce jour-là, à part peut-être qu'il a oublié son bob et que ça va taper.

Le père de Chili finit de déjeuner avec sa femme dans la cuisine de leur maison au village, à côté de leur petite entreprise de gouttières, ils se parlent peu, ils se sourient, il regarde la poussière dans les rayons du soleil, il plisse les paupières et voit le visage de ses filles devant ses yeux.

Angela, la sœur de Chili, à cinq cents kilomètres de là, est assise au bord de son lit, elle a posé un tas d'habits à ses pieds et elle va les faire rentrer coûte que coûte dans sa valise, son mormon de mari lui a démontré hier les bienfaits de la polygamie et il a ajouté qu'un voyage dans l'Utah ranimerait la foi de sa femme qu'il sent parfois chancelante. Elle a décidé de divorcer.

Chili volette au-dessus des îles volcaniques face à Villanueva, son fantôme scintille dans l'éther, il danse comme seuls les fantômes savent danser, selon un rythme qu'eux seuls connaissent, qui est le rythme si parfaitement tendu du vent, qui est le rythme de la brise marine et de ma mémoire. Chili volette et scintille, palpitante de vie aérienne.

La mère d'Adolfo et Eguzki est en train de couper des iris devant sa maison en massepain, elle lève la tête et secoue ses cheveux de sucre gélifié, elle sent quelque chose de particulier dans l'air aujourd'hui, elle pense à ses deux garçons, elle y pense chaque jour de sa vie, malgré ses nouveaux enfants et son nouveau mari.

Vida se met à déballer ses cartons dans sa nouvelle maison et tout la contente, les angles biscornus, la couleur criarde des murs, le bruit des poids lourds qui passent sur la route des Saintes et font quelque peu trembler les fondations comme si la maison se sentait attirée par leur appel d'air et hésitait un instant à les suivre. Elle lève la tête et je la vois qui s'interrompt, elle attend son Taïbo qui ne va plus tarder à rentrer, elle lui dira que Paloma est venue, qu'elle lui a parlé, qu'elle a fait comme il le lui avait conseillé, pas d'effusion, pas de pleurs, et que tout s'est merveilleusement passé, et elle pensera que son Taïbo est un homme affable et plus habile qu'il ne le croit lui-même, il s'approchera d'elle et lui touchera les cheveux et elle se sentira belle et jeune, elle se dira, « Ne suis-je donc pas ridicule », et juste après elle se demandera avec un bref pincement de tristesse anticipative, « Mais combien de temps durera cette histoire ? ». Alors elle balaiera cette pensée, elle se répétera la phrase que Taïbo lui répète toujours sans la moindre malice ni la moindre intention de la blesser, « Si tu voulais des garanties, ma douce, il fallait acheter un toaster », alors elle se laissera aller à son inclination, elle s'amollira dans ses bras et goûtera ce moment.

Adolfo attend Paloma dans leur chambre, allongé sur le lit, et Paloma non plus n'a pas acheté un toaster et cela n'a aucune importance, elle ne désire que deux choses : le regard vert jaune marécage de son amant qui va lui sourire quand elle entrera dans la chambre, et ses mains si imaginatives sur son corps.

Table

10438

Composition
NORD COMPO

Achevé d'imprimer en Espagne
par BLACKPRINT CPI
le 22 juillet 2013

Dépôt légal juillet 2013
EAN 9782290041925
L21EPLN0001189N001

ÉDITIONS J'AI LU
87, quai Panhard-et-Levassor, 75013 Paris

Diffusion France et étranger : Flammarion